नूर सा इश्क़

प्यार और किस्मत की कहानी

अभय प्रताप सिंह

ISBN
Hardcase 979-8-89906-813-3
Paperback 979-8-89744-980-4

समर्पण

इस पुस्तक को मैं अपनी माँ को समर्पित करता हूँ, जो मेरी पहली गुरु, मेरी प्रेरणा और मेरी सबसे बड़ी ताकत हैं। उनकी ममता, बलिदान और निस्वार्थ प्रेम ने मुझे जीवन के हर मोड़ पर सही राह दिखाने का काम किया है। जब भी मैं हताश हुआ, उनकी ममता भरी आवाज़ ने मुझे हिम्मत दी। जब भी मैं गिरा, उन्होंने सहारा देकर खड़ा किया।

माँ, आपकी दुआओं और आशीर्वाद के बिना यह यात्रा संभव नहीं थी। आपके प्रेम और मार्गदर्शन ने मुझे वह बनने में मदद की, जो मैं आज हूँ। यह पुस्तक मेरी ओर से आपके अटूट प्रेम और समर्थन के लिए एक छोटी सी श्रद्धांजलि है। मेरे हर शब्द, हर पृष्ठ में आपकी प्रेरणा झलकती है।

आपके चरणों में कोटि-कोटि प्रणाम।

अंतर्वस्तु

आभार

इस पुस्तक की यात्रा अकेले पूरी करना संभव नहीं था। मैं उन सभी का हृदय से आभार व्यक्त करना चाहता हूँ, जिन्होंने प्रत्यक्ष या अप्रत्यक्ष रूप से मेरा मार्गदर्शन किया और मेरा हौसला बढ़ाया।

सबसे पहले, मेरी माँ, जिनका असीम प्रेम, आशीर्वाद और प्रेरणा हर कदम पर मेरे साथ रही। उनके बिना यह पुस्तक केवल एक अधूरा सपना ही रहती।

साथ ही, मैं उन सभी पाठकों का आभार प्रकट करता हूँ, जो इस कहानी से जुड़ेंगे और इसे अपने हृदय में स्थान देंगे। आपकी प्रतिक्रिया और प्यार ही मेरी सबसे बड़ी उपलब्धि होगी।

अंत में, उन अनगिनत क्षणों का धन्यवाद, जिन्होंने मुझे लिखने की प्रेरणा दी और इस किताब को एक हकीकत में बदलने में सहायता की।

आप सभी के प्रेम और समर्थन के लिए हृदय से कृतज्ञ हूँ।

* * * * *

अयान

यह कहानी हैं अयान और नूर की, उनके ज़िंदगी के संघर्षों और उसके प्यार की है, लेकिन यह सिर्फ़ उसकी नहीं, हम सभी की कहानी है। हर इंसान—चाहे वह लड़का हो या लड़की—अपनी ज़िंदगी में ऐसे लम्हों से गुज़रता है, जो उसे भीतर तक झकझोर देते हैं। ये वही पल होते हैं जो हमें तोड़ते भी हैं और संवारते भी हैं। कभी ये हमें अंधेरे में धकेलते हैं, तो कभी रोशनी की एक नई किरण दिखाते हैं।

यह कहानी सिर्फ़ संघर्षों की नहीं, बल्कि सपनों, उम्मीदों और उन रिश्तों की भी है जो हमें चलते रहने की हिम्मत देते हैं। यह उन अहसासों की कहानी है जो कभी दर्द बनकर दिल में बस जाते हैं, तो कभी मुस्कान बनकर होंठों पर खिल जाते हैं। यह कहानी है हार ना मानने वालों की, अपने अस्तित्व और प्यार की तलाश करने वालों की। यह सिर्फ़ एक सफ़र नहीं, बल्कि ज़िंदगी को समझने और उसे पूरी शिद्दत से जीने की एक कोशिश है।

अयान का चेहरा तीखे नाक-नक्श और एक हल्की दाढ़ी के साथ आकर्षक और संतुलित दिखता है। उसका चेहरा ऐसा है जो आत्मविश्वास और शांति दोनों दर्शाता है—जैसे कोई ऐसा व्यक्ति जो अपनी दुनिया में गहराई से डूबा रहता है।

उसकी आँखें उसकी सबसे खास पहचान हैं–गहरी भूरी या हल्की हेज़ल रंग की, जो हर भावना को व्यक्त करती हैं। वे शांत, विचारशील और थोड़ी रहस्यमयी हैं, जैसे वह हर चीज़ को गहराई से देखता और महसूस करता हो। जब वह किसी से बात करता है, तो उसकी आँखें सीधे दिल तक उतर जाती हैं। उसके बाल हल्के लहराते हुए और घने हैं, हमेशा नेचुरली स्टाइलिश रहते हैं, बिना किसी ज्यादा मेहनत के। कभी-कभी खासकर जब वह सोच में डूबा होता है, तब वह एक पेन को अपने हाथो में नाचता रहता हैं। उसका रंग गेहुँआ से लेकर हल्का सांवला है, जिसमें एक प्राकृतिक चमक है। ऐसा लगता है जैसे सूरज की हल्की किरणें उसकी त्वचा को हमेशा छूती रहती हैं, उसे एक गर्माहट भरी आभा देती हैं।

अयान एक मध्यवर्गीय परिवार से है। उसके पापा पेट्रोल स्टेशन पर काम करते हैं और पूरे घर का खर्चा उठाते हैं। उसकी तीन बहनें और एक बड़ा भाई **अरुण** है, जो एक फल विक्रेता है। अरुण जो भी कमाता है, उसे अपने परिवार पर खर्च करता है ताकि घर की जरूरतें पूरी हो सकें।

अयान घर में सबसे छोटा है, और इसी वजह से उसे सबसे ज्यादा प्यार और दुलार मिलता है। माँ के लिए वह उनकी आँखों का तारा है, बहनें उसकी हर छोटी-बड़ी जरूरत का ख्याल रखती हैं, और बड़ा भाई अरुण उसे हमेशा सही राह दिखाने की कोशिश करता है।

हालाँकि अयान को परिवार का भरपूर प्यार मिलता है, लेकिन वह जानता है कि आर्थिक तंगी ने उसके माता-पिता

और भाई-बहनों को समय से पहले बड़ा बना दिया है। वह अपनी किताबों और ख्वाबों की दुनिया में सुकून पाता है। उसके सपने बड़े हैं, और वह अपने परिवार की तकलीफों को दूर करने के लिए कुछ करना चाहता है।

अयान का हमेशा से मानना था कि जितना प्यार और दोस्ती हम इस ब्रह्मांड को देंगे, बदले में ब्रह्मांड भी हमें उतना ही लौटा देगा—चाहे सामने वाला इंसान कोई भी हो, कैसा भी हो। वह जब भी किसी से मिलता, एक हल्की मुस्कान उसके चेहरे पर होती, उसकी आँखों में अपनापन झलकता, और उसकी बातें किसी पुराने गीत की तरह मधुर होतीं। लेकिन फिर भी, न जाने क्यों, उसके ज्यादा दोस्त नहीं थे।

कई लोग उसे पसंद करते थे, कुछ उसकी अच्छाई की कद्र भी करते थे, लेकिन सच्ची दोस्ती का वो अहसास जिसे हर कोई चाहता है, वह अब तक अधूरा ही था। फिर, जब वह दसवीं कक्षा में था, तो उसकी ज़िंदगी में **अश्विनी** आया। अश्विनी, जो उसकी बातों को सिर्फ़ सुनता नहीं था, बल्कि महसूस भी करता था। जो उसके हर सपने, हर ख्वाब, हर डर को समझता था। अश्विनी का साथ ऐसा था जैसे किसी लंबी यात्रा में एक पेड़ की ठंडी छाँव—जहाँ कुछ पल ठहरकर इंसान खुद को फिर से पा सकता है। अयान और अश्विनी दोनों मिलकर बहुत मौज़ मस्ती किया करते थे।

एक दिन, दोनों स्कूल से वापस अपने-अपने घर लौट रहे थे। उनकी अपनी-अपनी साइकिलें थीं, मगर वे उन्हें पैदल ही

थामे चल रहे थे। सूरज ढल रहा था, और सड़क किनारे लगे पेड़ों की छायाएँ लंबी होती जा रही थीं। धीमी-धीमी हवा चल रही थी, जो शाम के इस लम्हे को और भी खास बना रही थी। तभी अचानक, अश्विनी ने हल्की मुस्कान के साथ कहा,

"अयान, क्या कभी तुमने गर्लफ्रेंड बनाने के बारे में सोचा है?"

अयान ठिठक गया। **"क्या?"** उसने चौंककर पूछा।

अश्विनी हँस पड़ा। **"गर्लफ्रेंड… महिला-मित्र।"**

अयान ने सिर हिलाते हुए कहा, **"अभी मैं इसके लिए तैयार नहीं हूँ।"**

"तैयार नहीं हूँ? भाई, प्यार करने की कोई उम्र नहीं होती!" अश्विनी ने हल्की शरारती मुस्कान के साथ कहा।

अयान ने उसकी ओर देखा, अब उसकी रुचि जाग चुकी थी। **"तुम्हारी बातों से तो ऐसा लग रहा है जैसे तुम्हारी कोई गर्लफ्रेंड है! बोलो, कौन है वो? क्या हमारे स्कूल की ही कोई लड़की है, या फिर कहीं और से? नाम क्या है उसका?"** वह उत्सुकता से झुका।

अश्विनी ने हल्की सी मुस्कान के साथ कहा, **"शिप्रा… नाम है उसका। वो हमारे ही स्कूल में पढ़ती है।"**

"क्या! अपने स्कूल में?" अयान चौंक गया। **"तो आज तक मुझे इस बारे में पता क्यों नहीं चला?"**

"वो इसलिए, क्योंकि अभी कुछ दिन पहले ही हमारी बातें शुरू हुई हैं।" अश्विनी ने धीमे स्वर में जवाब दिया।

अयान की जिज्ञासा बढ़ती जा रही थी। उसने उत्सुकता से पूछा, "फिर सबसे पहले किसने प्रपोज़ किया? तुमने या शिप्रा ने?"

अश्विनी मुस्कुराया, उसकी आँखों में बीते दिनों की यादों की हल्की झलक थी।

बातों ही बातों में कब वे अयान के घर पहुँच गए, दोनों को पता ही नहीं चला। अयान ने दरवाज़े के पास रुकते हुए कहा, "ओह, हम घर पहुँच गए! चलो, कोई बात नहीं। कल स्कूल में मुझे भी मिलवाना उससे!"

अश्विनी ने सिर हिलाते हुए कहा, "क्यों नहीं!"

यह कहकर वह अपनी साइकिल घुमाकर अपने घर की ओर बढ़ गया। सूरज अब पूरी तरह ढल चुका था, और हवा में हल्की ठंडक घुलने लगी थी। मगर अयान के मन में एक नई जिज्ञासा थी–कल स्कूल में शिप्रा से मिलने की।

अयान जब रात में सोने के लिए अपने बिस्तर में लेटा हुआ सोच रहा था कि ऐसा कैसे हो सकता है कि किसी अंजान इंसान की वजह से कोई इतना दिल से खुश कैसे हो सकता है? क्योंकि अयान की तरह ही अश्विनी भी कोई बहुत अमीर परिवार से नहीं था। वह भी अपने परिवार के लिए कुछ करना चाहता था। अयान यह सब सोच ही रहा था

कि तभी उसे याद आया कि वह अपने परिवार का एकलौता सहारा है। उसकी माँ को उससे बहुत उम्मीदें हैं कि वह इस परिवार का सहारा बनेगा।

सोचते-सोचते कब उसकी आँखें भारी हो गईं, उसे पता ही नहीं चला। खिड़की से आती चाँदनी उसके चेहरे पर ठंडी चादर की तरह बिछ गई थी, और दूर कहीं मंदिर की घंटियों की हल्की-सी आवाज़ रात की नीरवता में घुल रही थी। उसके मन में सवाल थे, सपने थे, और एक अनकही बेचैनी भी। लेकिन उन सबके बीच एक अजीब-सी शांति थी, जैसे आने वाले कल की उम्मीदें उसे किसी अनदेखी रोशनी की ओर खींच रही थीं।

अगली सुबह, खिड़की से आती सूरज की हल्की-हल्की रोशनी अयान के चेहरे को कुछ यूँ छू रही थी मानो जैसे उसकी माँ के मुलायम हाथ उसे सहला रहे हों। उसकी खिड़की से लगे हुए नीम के पेड़ पर बैठी कोयल की मधुर आवाज़ धीरे-धीरे उसके कानों में घुलने लगी, और उसकी नींद टूट गई। उसने आँखें खोलीं तो सामने एक नई सुबह, नए सपनों के साथ खड़ी थी।

अयान की आदत थी कि सुबह उठते ही सबसे पहले सूरज को नमस्कार करता, फिर अपनी माँ के पास जाकर उनके पैर छूता था। आज भी उसने वैसा ही किया, लेकिन आज का दिन उसके लिए खास था। उसे स्कूल जाने की बहुत जल्दी थी, और इस उत्सुकता ने उसे भीतर तक रोमांचित

कर दिया था। जैसे ही उसने स्कूल की ड्रेस पहनी और सुबह के नाश्ते के लिए बैठा, उसकी माँ मुस्कुराते हुए उसके सामने आलू के पराठे और धनिए की चटनी रख गईं। यह देखते ही अयान का चेहरा खिल उठा—यह उसका पसंदीदा नाश्ता था, और माँ को यह अच्छी तरह पता था।

नाश्ता खत्म होते ही, वह अपनी साइकिल उठाने ही वाला था कि तभी बाहर से किसी की आवाज़ आई। उसने मुड़कर देखा—अश्विनी अपनी साइकिल लिए खड़ा मुस्कुरा रहा था। अयान ने एक पल भी गंवाए बिना बाहर की ओर दौड़ लगाई, और दोनों दोस्त गले मिल गए। वे सिर्फ दोस्त नहीं थे, उनकी दोस्ती भाइयों से भी बढ़कर थी—एक ऐसा बंधन जो खून के रिश्ते से कहीं ज्यादा मजबूत था, जिसे वक्त की कोई आँधी डगमगा नहीं सकती थी। उनकी हंसी गलियों में गूंज उठी, और सूरज की सुनहरी किरणें उनके मासूम सपनों पर अपनी रोशनी बरसाने लगीं।

स्कूल पहुँचते ही अयान और अश्विनी ने अपनी-अपनी साइकिलें स्टैंड में पार्क कीं और तेज़ी से स्कूल के अंदर जाने लगे। अयान को आज किसी भी हाल में देरी नहीं करनी थी। वह तेज़ कदमों से आगे बढ़ ही रहा था कि अचानक किसी से टकरा गया। उसने बिना देखे ही जल्दबाज़ी में 'सॉरी' कहा और आगे बढ़ने लगा, लेकिन तभी अश्विनी ने उसका हाथ पकड़ लिया।

'अयान, ज़रा रुको… इनसे मिलो, यह हैं शिप्रा।'

अयान ने चौंककर पीछे मुड़कर देखा। यह वही लड़की थी जिससे वह कुछ सेकंड पहले टकराया था। हल्की मुस्कान के साथ उसने कहा, **ओह, माफ़ करना, मैंने तुम्हें देखा ही नहीं। मैं हूँ अयान, अश्विनी का दोस्त।'**

अश्विनी और शिप्रा दोनों मुस्कुरा उठे। शिप्रा ने हल्के से सिर हिलाया और बोली, **मैं जानती हूँ कि तुम कौन हो, अश्विनी ने मुझे तुम्हारे बारे में पहले ही बताया हुआ है।'**

अयान ने भौंहें चढ़ाते हुए पूछा, **हम लोग एक ही स्कूल में पढ़ते हैं, लेकिन मैंने तुम्हें पहले कभी देखा क्यों नहीं?'**

शिप्रा ने जवाब देने के लिए मुंह खोला ही था कि तभी स्कूल की पहली घंटी बज उठी। तीनों को बातों में इतना मज़ा आ रहा था कि समय का पता ही नहीं चला। शिप्रा ने हड़बड़ी में कहा, **चलो, लंच ब्रेक में मिलते हैं।'** और फिर मुस्कुराते हुए अश्विनी को हल्के से गले लगाकर स्कूल के अंदर चली गई। अयान ने हैरानी से अश्विनी की ओर देखा, लेकिन उसने बस एक मुस्कान फेंकी और कंधे उचकाकर आगे बढ़ गया। अयान को महसूस हुआ कि आज का दिन वाकई दिलचस्प होने वाला था।

एक-एक करके पीरियड बदल रहे थे, लेकिन अयान को जैसे समय का बिल्कुल भी एहसास नहीं हो रहा था। उसकी नज़र बार-बार अश्विनी की तरफ जा रही थी। आखिरकार, अश्विनी ने उसकी चोरी पकड़ी और धीरे से फुसफुसाया, **ऐसे क्या देख रहे हो?'**

अयान ने अपनी मुस्कान दबाते हुए कहा, **'वो क्या था जो मैंने अभी बाहर देखा? इतने प्यार से तुमने कभी मुझे तो गले नहीं लगाया!'**

अश्विनी ने आँखें घुमाते हुए जवाब दिया, **'याद नहीं क्या तुम्हें? आज सुबह ही तो हम दोनों गले मिले थे!'**

अयान ने हल्की मुस्कुराहट के साथ सिर हिलाया, **'लेकिन मेरे गले मिलने में और इस गले मिलने में बहुत फर्क था, अश्विनी बाबू!'**

अश्विनी ने कुछ कहने के लिए मुँह खोला, फिर अयान की आँखों में वह शरारत देखी जो अक्सर मज़ाक उड़ाने से पहले उसके चेहरे पर आ जाती थी। उसके गाल हल्के गुलाबी हो गए, और उसने झेंपकर अपना चेहरा किताब में छुपा लिया। अयान ने ठहाका लगाते हुए फुसफुसाया, **'लो जी, हमारे बाबू शर्म भी गए!'**

बाहर हल्की हवा बह रही थी, लेकिन इस वक्त अश्विनी को लग रहा था कि क्लासरूम के अंदर ही तापमान अचानक बढ़ गया है।

शिप्रा के पापा दूध के व्यापारी थे, और शिप्रा भी अकसर उनके काम में हाथ बंटाया करती थी। अश्विनी भी उसी डेयरी से दूध लेने जाया करता था, और वहीं उसकी पहली मुलाकात शिप्रा से हुई थी। धीरे-धीरे जब वे बातें करने लगे, तब जाकर उन्हें एहसास हुआ कि वे दोनों एक ही स्कूल में पढ़ते हैं।

यह एक अजीब इत्तेफाक था, लेकिन शायद कुछ मुलाकातें यूँ ही लिखी होती हैं।

लंच ब्रेक होने से कुछ ही देर पहले, अयान वॉशरूम चला गया था। जब वह बाहर निकला, तब तक लंच ब्रेक शुरू हो चुका था और क्लास के बाकी बच्चे स्कूल के गार्डन में बैठकर अपने-अपने टिफिन खोल चुके थे। अयान अपने क्लासरूम में टिफिन लेने गया, लेकिन वहाँ पहुँचते ही उसने देखा कि अश्विनी अपनी सीट पर नहीं था–और न ही उसका टिफिन बैग में था।

अयान को एक पल में समझ आ गया कि अश्विनी कहाँ होगा। हल्की मुस्कान के साथ उसने गार्डन की ओर कदम बढ़ाए, और इधर-उधर नज़र घुमाई। उसकी नज़र कुछ ही पल में उन दोनों पर पड़ी–शिप्रा और अश्विनी, एक साथ बैठे, अपने-अपने टिफिन से लंच कर रहे थे। वे दोनों हँस रहे थे, बेफिक्र, जैसे दुनिया की कोई भी चिंता उन तक पहुँच ही नहीं सकती।

पहले तो अयान को हल्का-सा गुस्सा आया–अश्विनी ने उससे बिना कुछ कहे लंच का प्लान बदल लिया था! लेकिन जब उसने देखा कि अश्विनी कितना खुश था, तो उसका गुस्सा जाने कहाँ उड़ गया, उसे पता भी नहीं चला। उसने एक गहरी सांस ली और वहीं खड़े-खड़े उन दोनों को मुस्कुराते हुए देखा। ऐसा लग रहा था जैसे उसने पहले कभी इतना अच्छा नज़ारा देखा ही न हो।

अयान ने एक हल्का कदम पीछे लिया और सोचा, 'शायद मुझे उन दोनों को इस पल में अकेला छोड़ देना चाहिए।' वह मुड़ा और क्लासरूम की ओर वापस जाने लगा। आज का लंच उसे अकेले ही करना होगा, लेकिन अजीब बात यह थी कि उसे इस बात से कोई शिकायत नहीं थी।

अयान की उंगलियाँ अनायास ही टिफिन बॉक्स के ढक्कन पर थपथपाने लगीं, जैसे उसके भीतर कोई हलचल मच रही हो। वह जानता था कि अश्विनी उसकी ज़िन्दगी का अहम हिस्सा था और अब शिप्रा, अश्विनी के जीवन का एक अहम हिस्सा बन गयी हैं, लेकिन आज कुछ बदल गया था– एक ऐसा एहसास, जिसे वह पूरी तरह समझ नहीं पा रहा था।

उसने सिर उठाकर क्लासरूम में चारों ओर देखा। बच्चों की आवाज़ें पिघलते मोम की तरह हवा में घुल रही थीं, लेकिन अयान को वे धुंधली-सी लग रही थीं। खिड़की से आती हल्की धूप उसके चेहरे पर पड़ रही थी, और उसे अचानक अपनी माँ के हाथों का स्पर्श याद आ गया–वही कोमलता, वही गर्माहट, जो उसे हर कठिन घड़ी में हिम्मत देती थी।

"क्या मैं सही कर रहा हूँ?" उसने मन ही मन खुद से पूछा।

तभी घड़ी की सुइयाँ आगे बढ़ीं, और घंटी बजी। लंच ब्रेक खत्म हो गया था। अश्विनी उसकी ओर बढ़ा और बोला - **"क्या हुआ अयान तुम लंच करने बाहर नहीं आए हमारे साथ?"**, मगर अयान ने हल्का-सा सिर झुकाया और अपने

बैग की ज़िप खोलते खोलते बोला - "मुझे लगा की तुम दोनों को मेरी वजह से परेशानी न हो इसलिए मैंने क्लास में ही लंच कर लिया हैं। चल कोई बात नहीं तुम दोनों ने कुछ अच्छे पल साथ बिताए अच्छी बात हैं न ये।" आज उसने तय कर लिया था–अब सब कुछ पहले जैसा नहीं रहेगा। मगर वह यह नहीं जानता था कि किस्मत उसकी परीक्षा लेने के लिए पहले से तैयार बैठी थी।

* * * * *

नूर

रात का सन्नाटा घना था। आसमान पर बादल छाए हुए थे, और दूर स्ट्रीटलाइट की मद्धम रोशनी अंधेरे से जूझ रही थी। अयान खाली सड़क के किनारे बने एक पुराने पार्क के पास से गुजर रहा था। हवा में ठंडक थी, और हल्की-हल्की सरसराहट पेड़ों के पत्तों को कंपन कर रही थी।

तभी, अचानक उसे अपने नाम की एक धीमी, मगर मीठी आवाज़ सुनाई दी– **"अयान..."**

वह ठिठक गया। उसने इधर-उधर देखा, लेकिन दूर-दूर तक कोई नज़र नहीं आया। हल्की धुंध हवा में घुल रही थी, और पूरा माहौल एक सपने जैसा लग रहा था।

फिर वही आवाज़, इस बार थोड़ा करीब से– **"अयान, तुम सुन सकते हो न?"**

अयान ने गहरी सांस ली। उसका दिल तेज़ी से धड़कने लगा। **"कौन है वहाँ?"** उसने लगभग फुसफुसाते हुए कहा।

"तुम मुझे नहीं देख सकते... लेकिन मैं तुम्हें देख सकती हूँ।"

अयान का शरीर ठंडा पड़ गया। यह कौन थी? और वह उसे कैसे देख सकती थी? वह चारों ओर देख रहा था, लेकिन

उसकी आँखों के सामने सिर्फ़ खाली रास्ता था, अंधेरा था, और हल्की हवा थी जो अब और भी ठंडी लग रही थी।

"डर मत, मैं तुम्हें कोई नुकसान नहीं पहुँचाऊँगी।"

उस आवाज़ में एक अजीब-सा अपनापन था। जैसे वह कोई पुरानी पहचान थी, जो किसी भुली हुई याद की तरह उसके पास लौट आई हो। अयान ने अपनी मुट्ठियाँ हल्के से भींच लीं और धीरे से पूछा, **"तुम कौन हो?"**

कुछ क्षणों की खामोशी के बाद वह आवाज़ मुस्कुराई, **"शायद... मैं तुम्हारी तक़दीर हूँ या फिर तुम मेरी।"**

और फिर, हल्की हवा के झोंके के साथ, सब कुछ शांत हो गया।

अयान की आँखों में सवाल थे, मगर जवाब देने वाला कोई नहीं था। हवा पहले से ज्यादा ठंडी लग रही थी। वो वहीं खड़ा रहा, सोच में डूबा कि आखिर ये सब क्या था?

"कभी सोचा है, अयान, कि कोई तुम्हें देखता रहा है... बहुत पहले से?"

अचानक फिर वही आवाज़। इस बार वो हवा में नहीं घुली थी, बल्कि बेहद करीब से आई थी। जैसे कोई उसके ठीक सामने खड़ा हो, मगर उसकी नज़रों से ओझल हो।

अयान का दिल ज़ोर-ज़ोर से धड़कने लगा। **"क्या मतलब?"**

"तुम्हें शायद याद भी नहीं होगा, लेकिन एक बार... बहुत साल पहले, तुम अपनी माँ के साथ इसी पार्क में बैठे थे।"

अयान की साँस अटक गई। पार्क? माँ? उसे हल्का-हल्का याद आने लगा–एक पुरानी शाम, जब वो अपनी माँ के साथ इसी पार्क की बेंच पर बैठा था। माँ ने उसकी छोटी-सी हथेली अपने हाथों में ली थी और हल्के से मुस्कुराई थी।

"तुमने अपनी माँ से वादा किया था, अयान... कि तुम अपने परिवार के लिए कुछ भी करोगे।"

अब उसे सब साफ दिखने लगा। पार्क की वह शाम, हल्की ठंडी हवा, और उसकी माँ की आँखों में चमक। वह वादा, जो उसने दिल से किया था।

"मैं भी वहाँ थी... मैंने तुम्हें देखा था। उसी दिन पहली बार, मुझे एहसास हुआ कि तुम अलग हो।"

अयान का दिमाग सुन्न हो गया। "क्या? तुम वहाँ थी?"

"हाँ। और शायद उसी दिन, मैं तुमसे..."

आवाज़ हल्की होते-होते थम गई। कुछ पलों के लिए सिर्फ सन्नाटा था।

अयान की आँखें बेचैनी से इधर-उधर भटकने लगीं। "कौन हो तुम?" उसने एक बार फिर पूछा, इस बार ज़्यादा मजबूती से।

कुछ देर तक कोई जवाब नहीं आया, फिर एक धीमी, भावुक आवाज़ फिज़ा में तैर गई– "उस दिन सिर्फ तुम्हारा

वादा ही नहीं सुना था मैंने, तुम्हारी आँखों में देख भी लिया था… वो दर्द, वो डर, जो तुमने अपनी माँ से छुपाया था।"

अयान ने गहरी साँस ली। उसे अब याद आया–उस दिन उसने हिम्मत से अपनी माँ से वादा किया था, लेकिन अंदर ही अंदर वह खुद डरा हुआ था। क्या वो सच में अपने परिवार के लिए सबकुछ कर पाएगा? क्या वह खुद को कभी कमजोर नहीं पड़ने देगा?

"मैंने तुम्हें देखा था, अयान। कैसे तुम अपनी माँ को खुश रखने के लिए मुस्कुरा रहे थे, लेकिन अंदर से तुम लड़ रहे थे। तुम्हारी आँखों में डर था… मगर तुम्हारा वादा उससे भी बड़ा था। उसी पल… मैं तुमसे जुड़ गई थी।"

अयान की धड़कनें तेज़ हो गईं। यह कौन थी? और उसने उसे कब से देखा हुआ था?

"लेकिन तुमने मुझसे बात क्यों नहीं की उस दिन?"

एक हल्की उदासी भरी हँसी हवा में घुल गई।

"क्योंकि मैं चाहकर भी नहीं कर सकती थी… मैं चाहती थी, लेकिन… मैं तुम्हारी दुनिया का हिस्सा नहीं थी।"

और इसी के साथ, फिर एक तेज़ हवा का झोंका उठा। पास की स्ट्रीटलाइट बुझ गई। अंधेरा और गहरा हो गया।

अयान अकेला खड़ा था, लेकिन उसे एहसास हुआ कि वह कभी अकेला नहीं था। हमेशा कोई था, जो उसे देख रहा था… जो उससे जुड़ चुका था, बिना उसके जाने।

रात का सन्नाटा चारों ओर पसरा हुआ था। हल्की-हल्की ठंडी हवा पेड़ों की शाखाओं को झुला रही थी, और दूर कहीं से धीमे-धीमे झींगुरों की आवाज़ आ रही थी। अयान अकेला खड़ा था, अपनी ही सोचों में डूबा हुआ। यह पहली बार था जब उसने खुद को इतना शांत, लेकिन उतना ही बेचैन महसूस किया। उसे ऐसा लग रहा था जैसे कोई उसे देख रहा हो, कोई बहुत करीब, लेकिन फिर भी अनदेखा।

और तभी, अचानक, हवा के झोंके के साथ एक नर्म, मीठी खुशबू उसके करीब से गुज़री। उसकी धड़कन एक पल के लिए थम-सी गई। उसने अपने चारों ओर देखा, लेकिन वहाँ कोई नहीं था। पर उसे अहसास हो रहा था कि कोई है।

नूर वहीं खड़ी थी, उसके बिल्कुल सामने। लेकिन अयान उसे नहीं देख सकता था। नूर की हल्की हरी आँखें उसे अपलक निहार रही थीं। वह मुस्कुरा रही थी, पर उसकी आँखों में न जाने कितने अनकहे जज़्बात थे। उसे आज भी वो दिन याद था, जब पहली बार उसने अयान को देखा था– उस पार्क में, जहाँ वह अपनी माँ के साथ बैठा था।

"मैंने तभी जान लिया था… कि तुम अलग हो, खास हो।" नूर ने धीमे से खुद से कहा।

वह धीरे-धीरे अयान के करीब आई, लेकिन फिर एक कदम पीछे हट गई। उसे पता था, वह उसे देख नहीं सकता, लेकिन फिर भी उसकी मौजूदगी महसूस कर सकता था।

अयान ने गहरी साँस ली। वह अब भी वही मीठी ख़ुशबू महसूस कर सकता था। **"ये क्या है? कोई अहसास... या सिर्फ़ मेरा वहम?"** उसने ख़ुद से सवाल किया।

नूर की नज़रे उसके चेहरे पर टिकी थीं। वह चाहती थी कि अयान उसे देख सके, उससे बात कर सके, लेकिन अभी वो मुमकिन नहीं था। वह चाहकर भी अपने जज़्बातों को ज़ाहिर नहीं कर सकती थी।

हल्की हवा में उसके घने, लहराते बाल हल्के सुनहरे शेड के साथ चमक रहे थे। उसके चेहरे की मासूमियत, उसकी हल्की मुस्कान और आँखों की गहराई किसी को भी बाँध लेने के लिए काफ़ी थी। उसकी कलाई के पास वो छोटा सा तिल, उसकी पहचान जैसा, हर हलचल के साथ हल्का सा झलक दे रहा था।

नूर एक अमीर ख़ानदान से थी, लेकिन उसकी सादगी ही उसकी असली पहचान थी। उसके कपड़े हल्के रंग के थे–गुलाबी और सफेद का सुंदर मेल, जैसे उसकी ख़ुद की मासूमियत और सादगी का प्रतिबिंब। उसने छोटे-छोटे झुमके पहने थे, और उसके हाथ में बस एक पतली चूड़ी थी।

अचानक, नूर ने अपना हाथ आगे बढ़ाया, जैसे अयान के चेहरे को छूना चाहती हो। लेकिन इससे पहले कि वह कुछ कर पाती, अचानक से मंदिर की घंटी बजी, और अयान एकदम चौंककर पीछे मुड़ा। उसके कदमों की हल्की आवाज़ सुनते ही नूर पीछे हट गई।

अयान ने चारों ओर देखा, लेकिन वहाँ कोई नहीं था।

"ये सब क्या था? क्या कोई यहाँ था...?" उसने धीमी आवाज़ में खुद से कहा।

नूर मुस्कुराई, लेकिन उसकी आँखों में हल्की उदासी थी। **"अभी नहीं, अयान... अभी नहीं। लेकिन एक दिन तुम मुझे ज़रूर देखोगे।"**

और यह कहते हुए वह धीमे-धीमे हवा में घुलने लगी। उसकी खुशबू अब भी वहाँ थी, लेकिन उसकी परछाईं तक नहीं। अयान वहीं खड़ा रहा, उलझन में, लेकिन एक अजीब से एहसास के साथ। मानो कोई बहुत खास उसे देख रहा था... किसी ने उसे पुकारा था, लेकिन वह समझ नहीं पाया।

यह उनकी पहली मुलाकात थी—एक अनदेखा बंधन, जो शायद दोनों के दिलों में बहुत पहले से था।

अयान धीरे-धीरे अपने घर की ओर बढ़ा। सड़कें सुनसान थीं, और चाँद की हल्की रोशनी इमारतों पर गिर रही थी। उसका दिमाग अब भी उलझा हुआ था। घर पहुँचकर उसने दरवाज़ा खोला और अंदर आया। हर चीज़ अपनी जगह पर थी, सब कुछ वैसा ही था जैसा हर दिन होता था। लेकिन आज कुछ अलग था।

वह अपने कमरे में गया, बत्ती बुझाई और बिस्तर पर लेट गया। आँखें बंद कीं, लेकिन दिमाग में वही अहसास घूम

रहा था। वह खुशबू, वो एहसास, वो अनदेखी मौजूदगी—वह इन सबसे पीछा नहीं छुड़ा पा रहा था।

उसने करवट बदली, लेकिन नींद कोसों दूर थी।

"आखिर वो कौन थी...? क्या सच में कोई था या सिर्फ़ मेरा भ्रम?" उसने खुद से बुदबुदाया।

दिल के किसी कोने में उसे यकीन था कि यह कोई कल्पना नहीं थी।

वह सोचता रहा, और न जाने कब उसकी आँखें धीरे-धीरे बंद हो गईं। लेकिन उसके सपनों में भी वही अनदेखा एहसास मौजूद था।

नूर जो शहर के माने जाने व्यवसायी की एकलौती बेटी थी उसके पापा का नाम विक्रांत चौहान हैं। उसके घर में उसके लिए किसी भी चीज़ की कमी नहीं थी। उसकी माँ जब वह काफी छोटी थी, तभी गुजर गई थी। तब से उसने शायद कभी माँ के प्यार को महसूस नहीं किया और वह एक माँ के रिश्ते की अहमियत को अच्छे से जानती थी। शायद यही वह वजह थी कि जब उसने अयान का अपनी माँ के लिए प्यार, सम्मान और उसके लिए हर वो काम करते देखा, जिनकी वह हकदार थी, तो उसी दिन वह अयान से जुड़ गई थी।

नूर के पापा उससे बहुत प्यार करते थे। उसकी माँ के जाने के बाद उन्होंने ही नूर का खयाल रखा था और साथ ही साथ अपने काम को भी संभाला था। नूर जब चाहे तब अयान के लिए सब कुछ कर सकती थी। लेकिन वह साथ ही साथ

यह भी जानती थी कि ऐसा करना उसके प्यार और अयान के उसकी माँ के लिए प्यार के लिए गलत होता।

वह चाहती थी कि अयान अपनी मेहनत से वह सब कुछ करे, जो वह अपनी माँ और परिवार के लिए करना चाहता है। और इसके लिए नूर हमेशा उसकी मदद करेगी–चाहे उसके साथ होकर या उसके पीछे से।

नूर के मन में एक सवाल हमेशा रहता था–क्या अयान कभी समझ पाएगा कि कोई है जो उसे हर पल देख रहा है, उसकी हर खुशी में चुपचाप खुश हो रहा है, और हर ग़म में उसकी ताकत बनने को तैयार है? वह जानती थी कि शायद अभी नहीं, लेकिन किसी दिन अयान उसकी मौजूदगी को ज़रूर महसूस करेगा।

नूर शहर के सबसे प्रतिष्ठित स्कूल में पढ़ती थी, और यह उसका फाइनल ईयर था। अयान भी अपने स्कूल में फाइनल ईयर में था। दोनों अलग-अलग स्कूलों में थे, लेकिन उनके सपने और मेहनत एक जैसी थी। परीक्षा नज़दीक आ रही थी, और नूर खुद भी पढ़ाई में बहुत अच्छी थी, लेकिन उसे अपनी पढ़ाई से ज्यादा चिंता अयान की थी। वह चाहती थी कि अयान अपने स्कूल में सबसे अच्छे नंबर लाए, ताकि उसकी माँ और परिवार को उस पर गर्व हो।

नूर जानती थी कि अयान हर विषय में अच्छा था, लेकिन कुछ टॉपिक्स में उसे ज्यादा मेहनत करनी पड़ती थी। जब भी उसे लगता कि अयान को किसी विषय में मुश्किल हो रही है, तो वह बिना बताए किसी न किसी

माध्यम से उसकी मदद कर देती। कभी किसी दोस्त के जरिए जरूरी नोट्स भिजवा देती, तो कभी ऐसे ही किसी किताब की फोटो कॉपी उसे मिल जाती, जो उसके काम की होती।

लेकिन नूर की असली मदद सिर्फ यहीं तक सीमित नहीं थी। जब अयान देर रात तक पढ़ाई करता, तो नूर खुद भी जागती और चुपचाप उसके लिए प्रार्थना करती। हर दिन, जब वह मंदिर जाती, तो भगवान से बस एक ही दुआ माँगती–कि अयान की मेहनत रंग लाए, वह परीक्षा में सबसे अच्छा करे, और उसकी माँ को उस पर गर्व हो।

अयान की परीक्षा का आखिरी दिन था। सुबह का समय था, सूरज की हल्की किरणें खिड़की से छनकर उसके कमरे में आ रही थीं। अयान अपनी किताबों को एक बार फिर पलट रहा था, लेकिन मन कहीं और था। परीक्षा की टेंशन तो थी ही, पर उसे यह भी समझ नहीं आ रहा था कि पिछले कुछ दिनों से उसे बार-बार ऐसा क्यों लग रहा था कि कोई अनजाने में उसकी मदद कर रहा है।

हर बार जब उसे किसी टॉपिक में दिक्कत होती, तो पता नहीं कैसे, अगले ही दिन उसकी टेबल पर या बैग में उस टॉपिक के पूरे नोट्स मिल जाते। कई बार तो जब वह स्कूल में किसी से पूछने जाता, तो कोई अनजान छात्र वही जानकारी पहले से उसके लिए छोड़ चुका होता।

उधर, नूर भी अपनी परीक्षा की तैयारी कर रही थी, लेकिन उसका ध्यान सिर्फ अपनी पढ़ाई पर नहीं था। उसकी

असली चिंता अयान की परीक्षा थी। वह जानती थी कि यह परीक्षा सिर्फ अयान के लिए नहीं थी, बल्कि उसकी माँ के सपनों के लिए भी उतनी ही जरूरी थी।

परीक्षा से ठीक पहले, नूर अपने घर से मंदिर के लिए निकल गई। उसने अपनी आँखें बंद कीं और दिल से प्रार्थना की– **"भगवान, अयान की मेहनत रंग लाए। वह अच्छे नंबर से पास हो और उसकी माँ को उस पर गर्व हो।"**

वह मंदिर के कोने में खड़ी रही, जब तक कि उसके मन को सुकून नहीं मिला। दूसरी तरफ, अयान परीक्षा हॉल में पहुँच चुका था। पेपर उसके सामने रखा था। उसने गहरी सांस ली और लिखना शुरू कर दिया। अजीब बात थी, आज वह एक अलग ही आत्मविश्वास महसूस कर रहा था। जैसे कोई था, जो उसके साथ खड़ा था। जैसे किसी ने उसके लिए प्रार्थना की हो, और वह दुआ अब असर कर रही थी। परीक्षा खत्म हो चुकी थी। अयान ने पूरे आत्मविश्वास के साथ पेपर दिया था और अब बस रिजल्ट का इंतजार था।

रिजल्ट वाले दिन अयान अपनी माँ के साथ मंदिर गया। उसकी माँ ने भगवान को धन्यवाद दिया कि उनका बेटा इतनी मेहनत कर रहा है और अच्छे अंक लाया है। अयान ने भी हाथ जोड़कर अपनी आँखें बंद कीं और मन ही मन कहा– **"जिसने भी मेरी मदद की, चाहे मैं उसे जानता हूँ या नहीं, उसके लिए दिल से शुक्रिया।"**

ठीक उसी वक्त, मंदिर के दूसरे कोने में नूर खड़ी थी। उसने अयान को दूर से देखा, उसकी खुशी को महसूस किया।

लेकिन जैसे ही अयान ने आँखें खोलीं, उसे ऐसा महसूस हुआ कि कोई उसे देख रहा था। उसकी नजरें इधर-उधर भटकीं, और तभी उसने एक हल्की-सी परछाई देखी। एक लड़की, जो गुलाबी रंग के सूट में थी, हल्के झुमके पहने हुए, हाथ में पूजा की थाली लिए खड़ी थी। लेकिन जब तक अयान ठीक से देख पाता, वह मंदिर की सीढ़ियों से नीचे जा चुकी थी।

अयान ने कुछ देर तक उस दिशा में देखा, फिर खुद से कहा– **"शायद मेरा वहम था…"** पर क्या सच में यह सिर्फ एक वहम था? या कोई था जो हर पल उसके लिए दुआ कर रहा था?

अयान मंदिर से घर लौट आया, लेकिन उसके मन में अजीब-सी बेचैनी थी। आज का दिन उसके लिए बहुत खास था–उसकी परीक्षा खत्म हो चुकी थी, उसका रिजल्ट भी अच्छा आया था, उसकी माँ खुश थी… फिर भी, उसे ऐसा क्यों लग रहा था कि कुछ छूट गया है? उसके ज़ेहन में बार-बार वही गुलाबी सूट वाली लड़की आ रही थी। वह कौन थी? क्या उसने सच में उसे देखा था, या यह महज़ उसका भ्रम था?

रात को जब वह अपने बिस्तर पर लेटा, तो उसकी आँखों में मंदिर की वही रहस्यमय झलक तैरने लगी। उसे हल्की-हल्की वो मीठी खुशबू भी याद आ रही थी, जो पिछले कुछ दिनों से उसे महसूस हो रही थी। उसकी आँखें भारी हो रही थीं, लेकिन मन में सवाल अब भी घूम रहे थे। **"क्या वाकई कोई है जो हर बार मेरी मदद करता है?"**

धीरे-धीरे उसकी पलकें झपकने लगीं, और वह गहरी नींद में चला गया... लेकिन इस बार, उसकी नींद भी पहले जैसी नहीं थी। इधर, नूर अपने कमरे की बालकनी में खड़ी थी। हल्की हवा उसके बालों से खेल रही थी। आसमान में चाँद अपनी चाँदनी बिखेर रहा था। वह ऊपर देखती है, फिर हल्के से मुस्कुराती है।

"अभी नहीं, अयान... लेकिन बहुत जल्द।"

* * * * *

अपरिचित उपहार

अयान और उसका सबसे अच्छा दोस्त अश्वनी पूरे साल मेहनत करने के बाद आखिरकार परीक्षा में अच्छे नंबरों से पास हो गए थे। दोनों का मन बहुत हल्का और खुश था। अश्वनी ने एक्जाम के रिज़ल्ट आने के कुछ दिन बाद जिद पकड़ ली कि एक्जाम में पास हो जाने पर एक छोटी-सी पार्टी करनी चाहिए। अयान पहले तो हिचकिचाया क्यूंकि उसे ज्यादा पार्टी करना पसंद नहीं थे, लेकिन फिर मान गया वो भी इस ख़ुशी में ख़ुश होना चाहता था।

शहर के एक अच्छे रेस्टोरेंट में दोनों दोस्त पहुँचे। वहाँ पहले से ही कई और लोग अपनी-अपनी खुशियाँ मना रहे थे। अयान और अश्वनी ने एक कोने की टेबल ले ली अपने अपने पसंद की डिश ऑर्डर करके अयान और अश्वनी मज़े से बातें करने लगे और भविष्य में आगे क्या करेंगे ये भी चर्चा करने लगे।

इसी बीच, उसी रेस्टोरेंट में शहर के नामी व्यवसायी **विक्रांत चौहान** भी आए, अपनी बेटी के साथ। नूर के पापा किसी बिज़नेस मीटिंग के सिलसिले में यहाँ आए थे, और नूर उनके साथ थी। जैसे ही नूर की नज़र रेस्टोरेंट के एक कोने में बैठे हुए, हँसते हुए अयान पर पड़ी, उसका दिल तेज़ी से धड़क उठा।

वह जानती थी कि वह अयान के करीब अभी नहीं जा सकती जब वो अपने पापा के साथ बाहर आयी हैं जो अपने कम के सिलसले से आए है, लेकिन उसे देखने से खुद को रोक भी नहीं सकती थी। उसने विक्रांत चौहान से एक ऐसी टेबल पर बैठने के लिए बोलने लगी, जहाँ से वह बस अयान को ही देख सके—चुपचाप, बिना उसकी नज़र में आए। विक्रांत चौहान जो अपनी बेटी से बहुत ज़्यादा प्यार करते थे वो इस बात को माना ही नहीं कर पाए और नूर की बतायी हुई टेबल पर जा कर बैठ गए। अयान को अंदाज़ा भी नहीं था कि नूर उसे इस तरह देख रही है।

इसी बीच, एक अप्रत्याशित घटना घटी।

एक वेटर जो काले रंग की शर्ट पहने हुए था, उसके हाथ में सफ़ेद रंग का दस्ताना भी था। वह वेटर गलती से अयान के टेबल के पास से गुज़रते हुए फिसल गया और उसकी हाथ में जो ट्रे थी उसमे रखी हुई गर्म कॉफ़ी का कप सीधा अयान के फोन पर गिर गया। अयान पहले जो समझ नहीं पाया की यह अचानक से हुआ क्या उसने पहले तुरंत उस वेटर हो सभाला और फिर अपना फोन उठाया, लेकिन तब तक बहुत देर हो चुकी थी—फोन पूरी तरह खराब हो गया था। फोन की स्क्रीन टूट गयी थी क्यूंकि जल्दबाज़ी में फोन टेबल से नीचे गिर गया था।

अयान के चेहरे पर हल्की चिंता छा गई। यह फोन उसके लिए बहुत कीमती था, क्योंकि यह उसकी माँ ने तीन साल तक उसके लिए पैसे जोड़े थे तब जा के उसके लिए खरीदा

था। नूर दूर से यह सब देख रही थी। वह जानती थी कि अयान नए फोन के लिए कभी अपने घर में ज़िद नहीं करेगा, क्योंकि वह हमेशा अपनी माँ और परिवार की आर्थिक स्थिति को ध्यान में रखता था। उसका दिल अचानक बेचैन हो उठा।

"क्या मुझे कुछ करना चाहिए?"

लेकिन कैसे? अगर उसने अभी मदद की, तो नूर ने जो सपने देखे हैं अयान के लिए वो अभी टूट न जाए और अगर उसने सीधे कोई गिफ्ट भेजा, तो शायद अयान लेने से इनकार कर दे।

फिर भी, वह चुप बैठी रही वो अभी चाहा कर भी कुछ नहीं कर सकती थी। उसका दिल अंदर ही अंदर बेचैन हो रहा था की तभी नूर ने एक फैसला किया—वह किसी भी तरह अयान तक एक नया फोन पहुँचाएगी, लेकिन बिना उसके जाने। यह सब होने के बाद अयान वहाँ से उठकर चला गया। उसके मन में उथल-पुथल मची हुई थी। वह इस बात को लेकर परेशान था कि अपनी माँ से फोन के बारे में कैसे बात करेगा। उसे डर था कि माँ क्या सोचेगी? क्या वह नाराज होंगी? क्या वह उससे पूछेंगी कि यह फोन कैसे टूटा? ऐसे ही हजारों सवाल उसके दिमाग में घूम रहे थे।

जब वह घर पहुँचा, तो दरवाजे पर ही उसका बड़ा भाई अरुण मिल गया, जो किसी ज़रूरी काम से बाहर जा रहा था। अरुण की नज़र जैसे ही अयान के चेहरे पर पड़ी, उसने तुरंत भाँप लिया कि कुछ न कुछ गड़बड़ ज़रूर है। अयान के चेहरे की उदासी और आँखों की उलझन अरुण से छुपी नहीं थी,

लेकिन उसे देर हो रही थी, इसलिए उसने ज्यादा कुछ पूछना ठीक नहीं समझा और बाइक स्टार्ट करके निकल गया।

रात गहराने लगी थी। घर में सब अपनी-अपनी दिनचर्या में व्यस्त थे, लेकिन अरुण के मन में अयान की उदास शक्ल बार-बार घूम रही थी। जब वह देर रात घर लौटा, तो सीधे अपनी पत्नी सुधा के पास गया।

"सुधा, माँ कहाँ हैं?" अरुण ने चिंतित स्वर में पूछा।

सुधा, जो उस समय किचन का काम समेट रही थी, बोली, **"माँ छत पर हैं, कपड़े उतार रही हैं।"**

अरुण ने बिना कोई और सवाल किए सीढ़ियों की ओर रुख किया और छत पर आ पहुँचा। माँ चुपचाप तार से कपड़े उतार रही थीं। हल्की हवा चल रही थी, और चाँदनी रात की ठंडी रोशनी छत पर बिखरी हुई थी। अरुण ने माँ के पास जाकर धीरे से कहा,

"माँ, आपने अयान को आज देखा? वो बहुत उदास लग रहा था। जब मैंने शाम को उसे दरवाजे पर देखा, तो ऐसा लगा जैसे वह किसी बड़ी परेशानी में है, शायद वो कुछ कहना चाहता था लेकिन कोई बात थी जो उसके रोक रही थी।"

माँ, जो अब तक कपड़े समेटने में व्यस्त थीं, रुकीं और एक गहरी साँस ली।

"हाँ, मुझे भी कुछ अजीब लग रहा था," माँ ने हल्की चिंता के साथ कहा। **"पर घर के कामों में इतनी उलझी थी कि उस पर ध्यान नहीं दे पाई।"**

अरुण माँ के चेहरे को पढ़ने की कोशिश कर रहा था।

"आप उससे बात करो, माँ," अरुण ने कहा। **"अगर कोई समस्या हो, तो हमें उसके साथ खड़ा होना चाहिए।"**

माँ ने सहमति में सिर हिलाया और दूर टिमटिमाते तारों को देखने लगीं। एक माँ के दिल को अक्सर पहले ही आभास हो जाता है कि उसका बच्चा किसी उलझन में है। शायद अयान किसी बड़ी मुश्किल में फँस गया था, और अब समय आ गया था कि उससे खुलकर बात की जाए।

रात का सन्नाटा घर में गहरा होने लगा था। खाने के बाद सब अपने-अपने कमरों में जा चुके थे, लेकिन माँ का मन अब भी बेचैन था। दिनभर की थकान के बावजूद, उनका ध्यान बार-बार अयान की ओर चला जा रहा था। उसकी उदासी, उसकी गुमसुम सी आँखें–कुछ तो था जो वह छुपा रहा था। जब अयान अपने कमरे में जाने लगा, तो माँ भी उसके पीछे-पीछे चल पड़ीं। अयान को इसका अहसास नहीं हुआ और वो अपने कमरे की ओर जाने लगा। लेकिन जैसे ही वह कमरे में पहुँचा और दरवाज़ा बंद करने के लिए मुड़ा, माँ को दरवाजे पर खड़ा देखकर वह थोड़ा चौंक गया।

"माँ, कुछ काम था?" उसने अपनी आवाज़ सामान्य रखने की कोशिश की। माँ हल्के कदमों से कमरे के अंदर आईं और दरवाज़ा बंद कर दिया। उनके चेहरे पर वही ममता भरी गंभीरता थी, जिसे देखकर अयान समझ गया कि अब वह उससे बात किए बिना जाने वाली नहीं हैं।

उन्होंने धीरे से उसका सिर सहलाया और पूछा, **"सोना, बेटा क्या हुआ? सब ठीक तो है?"**

अयान की माँ उसे प्यार से **'सोना'** बुलाती थीं—यह नाम उसके पापा ने उसे दिया था जब वह पैदा हुआ था। यह नाम सुनते ही हमेशा उसके दिल में एक सुकून सा महसूस होता था, लेकिन आज वह खुद को हल्का महसूस नहीं कर पा रहा था।

"सब ठीक है, माँ," उसने बहुत हल्की आवाज़ में कहा, जैसे शब्द जबरदस्ती बाहर आ रहे हों। माँ ने उसकी आँखों में देखा। माँ की नज़रें हमेशा की तरह उसके मन की परतों को पढ़ रही थीं।

"अगर मेरा सोना बेटा मुझसे कुछ नहीं बताएगा," माँ ने हल्का सा मुस्कराते हुए कहा, **"तो मैं भी उससे बात नहीं करूंगी।"**

अयान का हलक सूख गया। उसने माँ से कभी कुछ नहीं छुपाया था, फिर आज क्यों? कुछ पलों की चुप्पी के बाद, उसने एक गहरी साँस ली और धीमी आवाज़ में कहना शुरू किया— **"माँ, आज जब मैं अश्वनी के साथ रेस्टोरेंट गया था, तो वहाँ... वहाँ कुछ अजीब हुआ।"** माँ चुपचाप सुन रही थीं, उनके हाथ अब भी अयान के सिर पर थे, जो उसे भरोसा और हिम्मत दे रहे थे।

"हम खाना खा ही रहे थे कि अचानक एक वेटर मेरी टेबल के पास से गुज़रा और गलती से उसके हाथ में जो गर्म

कॉफ़ी का कप था सीधा मेरे फोन पर गिरा दिया। मेरा फोन पूरी तरह खराब हो गया, माँ!"

यह कहते-कहते उसकी आवाज़ में हल्की घबराहट झलकने लगी। तभी माँ ने प्यार से उसका सिर सहलाते हुए कहा, "बस इतनी सी बात? इसके लिए तुम इतना परेशान क्यों हो? क्या तुमने जानबूझकर अपना फोन खराब किया है?"

अयान ने माँ की तरफ देखा, उनकी आँखों में वही पुरानी ममता भरी थी, जो हर मुश्किल में उसे सुकून देती थी। वह बिना कुछ कहे माँ से लिपट गया। **"मुझे माफ करना, माँ। मुझे सबसे पहले आपको ही बताना चाहिए था।"**

माँ हल्के से मुस्कुराईं और उसके सिर पर हाथ फेरते हुए बोलीं, **"चलो अब आराम से सो जाओ। फोन तो फिर कभी ले लेंगे, लेकिन तुम्हारी नींद और सुकून ज्यादा ज़रूरी है।"**

अयान को माँ की बातों से एक अजीब-सा संतोष मिला। उसे एहसास हुआ कि फोन तो एक छोटी-सी चीज़ थी, लेकिन माँ की चिंता और प्यार अनमोल था। उसने तकिये पर सिर रखा, माँ की गोद से वही बचपन वाली खुशबू महसूस की, और धीरे-धीरे उसकी आँखें बंद होने लगीं। कमरे में एक सुकून भरी शांति थी। माँ ने धीरे से लाइट बंद कर दी और खिड़की से चाँदनी झाँकने लगी। **"सब ठीक है,"** माँ ने धीरे से कहा और अयान के सिर पर प्यार भरा हाथ फेरते हुए कमरे से बाहर चली गईं।

अब अयान बेफिक्र होकर सो चुका था, और उसकी माँ के चेहरे पर एक शांत मुस्कान थी—माँ की वही मुस्कान, जो हर परेशानी को पल भर में दूर कर देती थी। मई का महीना था, हल्की गर्मी की चुभन हवा में घुली हुई थी। कुछ ही दिनों में अयान का जन्मदिन आने वाला था, और इस बात से वह काफी खुश था। लेकिन उससे भी ज्यादा कोई और खुश था—कोई जो अपने दिल की बात अभी तक कह नहीं पाया था।

आज आखिर वह दिन आ ही गया। सुबह से ही घर में हलचल थी। उसकी माँ और भाभी सुधा सुबह से ही जन्मदिन की तैयारियों में लगी हुई थीं। गुब्बारे, लाइट्स, और तरह-तरह की सजावटों से घर का हर कोना चमक रहा था। अयान के दोस्त भी दोपहर से ही आना शुरू हो गए थे। पूरा माहौल हँसी-ठिठोली से भर गया था।

शाम होते ही पार्टी पूरे रंग में आ गई। म्यूजिक की धुनें माहौल को और भी खुशनुमा बना रही थीं। अयान अपने दोस्तों के साथ हँसते-बोलते हुए मज़े कर रहा था, लेकिन कहीं न कहीं उसके दिल में एक हल्की-सी कसक थी—उसका फोन टूट गया था, और उसे उसकी बहुत याद आ रही थी। तभी, पार्टी के बीच में एक लड़की उसके पास आई। वह उसकी पड़ोसी थी, जो अचानक एक छोटा-सा गिफ्ट पैक लेकर उसके सामने खड़ी हो गई।

"ये रहा तुम्हारा गिफ्ट, और यह तुम्हारे लिए किसी ने भेजा है," उसने मुस्कुराते हुए कहा।

अयान ने हैरानी से गिफ्ट लिया। कागज़ हटाते ही उसकी आँखें फैल गईं–अंदर एक ब्रांड न्यू फोन था। वही मॉडल जो काफी टाइम से लेना चाहता था, लेकिन महँगा होने की वजह से आज तक नहीं ले पाया था। उसके मन में सवाल उठा– **"यह किसने भेजा?"**

उसने इधर-उधर नज़रें घुमाईं, लेकिन कोई जवाब नहीं मिला। वह समझ गया था की यह उस गुलाबी सूट वाली लड़की ने ही भेजा होगा। उसकी निगाहें नूर को ढूँढने लगीं, लेकिन वह भीड़ में कहीं खो गई थी। दूर, पार्टी के कोने में खड़ी नूर हल्के से मुस्कुराई। उसकी आँखों में एक अनकही खुशी थी, और शायद एक अनदेखा दर्द भी।

"तुम्हें शायद कभी पता न चले, अयान... लेकिन मैं हमेशा तुम्हारे साथ हूँ," उसने खुद से ही कहा और भीड़ में गुम हो गई।

अयान ने एक बार फिर उस फोन को देखा, फिर उस लड़की को जिसने उसे गिफ्ट दिया था। वह अब भी खड़ी थी, हल्की मुस्कान के साथ।

"क्या तुम जानती हो, ये किसने भेजा?" अयान ने धीरे से पूछा।

लड़की ने हल्के से सिर हिलाया, जैसे कुछ कहने वाली हो, लेकिन फिर चुप हो गई। अयान के मन में न जाने क्यों हलचल मच गई थी। उस अनजान एहसान का कर्ज़, उस अनकहे एहसास का बोझ... उसने एक गहरी साँस ली और

आसमान की ओर देखा। शायद जवाब किसी और ही जगह था, पर क्या वह कभी जान पाएगा कि उसकी हर खुशी की परछाईं के पीछे कौन था? या फिर कुछ एहसास सिर्फ महसूस करने के लिए होते हैं, जानने के लिए नहीं?

* * * * *

क्या हम पहले मिल चुके हैं?

रात का समय था, बारिश हो रही थी। बारिश की बूंदें ज़मीन पर गिरते ही एक मद्धम सी ख़ुशबू हवा में घुल गई थी।, और चाँद अपनी चांदनी बादलों के पीछे छुपा रहा था। शहर की रोशनियों में एक अजीब सी शांति थी, जैसे सब कुछ रुक सा गया हो। अयान एक सुनसान गली से गुज़र रहा था और रोड के पास वही पार्क था जहाँ वो नूर से मिला था या यू कह सकते हैं की नूर पहली बार अयान से मिली थी। अयान अपने ख़यालों में खोया हुआ था और अपने दोस्तो से मिल कर वापस अपने घर की ओर लौट रहा था।

उसके दोस्तों ने उसे बारिश से बचने के लिए कैफ़े में रुकने जाने को कहा था, लेकिन अयान को बारिश में भीगना बहुत पसंद था। यह बारिश उसे हमेशा अपनी माँ की याद दिलाती थी, जो कहती थीं कि बारिश में भीगना दिल से सारे दुख हल्का कर देता है।

जैसे ही उसने एक मोड़ लिया, एक हल्की सी ठोकर महसूस हुई। कोई उससे टकरा गया था। अचानक से दोनों के बीच एक पल के लिए सब कुछ थम सा गया। उसने अपने सामने देखा–एक लड़की, जो सफ़ेद चूड़ीदार और हल्का नीला दुपट्टा ओढ़े हुए थी, उसकी आँखें बेचैन थीं, जैसे कोई

अनजानी सी चिंता हो। उसके भीगे बाल उसके चेहरे से चिपक गए थे, और उनमें से पानी की बूंदें टपक रही थीं। उसके हाथ हल्की सी कंपकंपी में थे, और अयान ने महसूस किया कि उसकी साँसें तेज़ चल रही हैं। ये लड़की और कोई नहीं नूर ही थी, जो मार्केट से कुछ जरूरी समान ले कर अपने घर की ओर जा रही थी। विक्रांत चौहान ने नूर से बोलो था की बारिश हो सकती हैं मार्केट जाते वक़्त छाता लेते जाना मगर नूर ने ऐसा नहीं किया था क्योंकि नूर को भी बारिश में भीगना पसंद था।

नूर ने अयान को देखा, और उसका दिल एक पल के लिए थम सा गया। यह वही चेहरा था जो उसके दिल की दुनिया का हिस्सा बन चुका था। अयान, जिसे वह सिर्फ़ दूर से देखती थी, आज बिल्कुल उसके सामने था। उसका दिल इतनी ज़ोर से धड़क रहा था कि उसे लगा कि अयान तक उसकी धड़कनें पहुँच रही होंगी। वह कुछ कहना चाहती थी, पर शब्दों ने साथ छोड़ दिया।

अयान ने एक पल के लिए उस लड़की को देखा, फिर उसका ध्यान उसकी आँखों की गहराइयों में खो गया। अजीब सा अहसास था उसकी आँखों में, जैसे वह उसे पहले से जानती हो। उसका चेहरा, उसकी नज़र, यह सब कहीं देखा हुआ सा लग रहा था।

"आप… ठीक हो?" अयान ने हल्की आवाज़ में पूछा।

नूर ने सिर्फ़ हाँ में सिर हिलाया, लेकिन उसकी आँखें कुछ और कह रही थीं। बारिश तेज़ होने लगी थी, और दोनों

एक छोटी सी दुकान के शेड के नीचे खड़े हो गए। नूर अपनी भीगी हुई लकीरों को पोंछने लगी, पर उसका ध्यान अयान की तरफ़ था। उसके दिल में एक सवाल था–क्या अयान को याद आएगा कि उनकी पहली मुलाकात यहीं कहीं पहले हो चुकी है?

अयान उसे देख रहा था, लेकिन उसके दिमाग में एक अजीब सी उलझन थी। यह अजनबी होकर भी इतनी अपनी सी क्यों लग रही है? क्या पहले कहीं देखा है इसे? कुछ पलों की ख़ामोशी के बाद उसने नूर से पूछा, **"क्या हम पहले मिल चुके हैं? पता नहीं क्यों, मेरा दिल कह रहा है कि हम पहले मिल चुके हैं और मैं पहले से जानता हूँ आपको।"**

नूर की धड़कनें अब भी तेज़ थीं, लेकिन एक अजीब सी तसल्ली भी थी की अयान के दिल में भी उसके लिए कोई अहसास हैं। बारिश की बूंदें दोनों के बीच एक रिश्ता सा बना रही थीं। नूर चाहती थी कि वक़्त यहीं रुक जाए, लेकिन उसने अपने जज़्बात दबा लिए। वो शायद जानती थी की अगर उसने अयान को अभी अपने बारे में बता दिया को अयान ने जो सपना देखा हैं अपनी माँ के लिए उससे वो भटक न जाए। नूर के दिल की धड़कन तेज़ हो गई। क्या अयान को सच में कुछ याद आ रहा था? उसने नज़रे चुराते हुए हल्की मुस्कान के साथ जवाब दिया, **"नहीं, शायद आपको कोई और याद आ रहा होगा।"**

अयान ने गौर किया कि उसकी मुस्कान में एक हल्का सा कम्पन था। जैसे वह कुछ छुपा रही हो। वह कुछ और

पूछने ही वाला था कि तभी पास की दुकान का शटर गिरने की तेज़ आवाज़ आई। नूर अचानक डरकर अयान के और करीब आ गई। उसके कांपते हाथों को देखकर अयान को महसूस हुआ कि नूर उससे छुपने की कोशिश कर रही है, लेकिन क्यों?

अयान उसे देखता रहा, जैसे उसकी आँखों के पीछे के राज़ को पढ़ने की कोशिश कर रहा हो। बारिश और तेज़ हो चुकी थी, और बिजली की हल्की गड़गड़ाहट ने माहौल को और गंभीर बना दिया।

"मुझे सच में लग रहा है कि मैंने आपको पहले कहीं देखा है," अयान ने हल्की मुस्कान के साथ कहा।

नूर ने चौंककर उसकी ओर देखा। उसकी आँखों में हल्का सा संकोच था, जैसे वह खुद यह तय नहीं कर पा रही हो कि यह सिर्फ़ एक इत्तेफ़ाक़ है या कोई भूली-बिसरी याद। लेकिन इससे पहले कि वह कुछ कहती, उसका फोन अचानक बज उठा।

वह एकदम सचेत हो गई, जल्दी से फोन निकाला और कॉल रिसीव करते ही बोली, **"जी, पापा… मैं बस आ रही हूँ।"**

उसकी आवाज़ में हल्की घबराहट थी, जैसे वह किसी अनकही जल्दी में हो। अयान उसे देखता रहा, अब और भी यकीन हो गया कि यह मुलाकात महज़ एक संयोग नहीं थी। अयान कुछ कहने वाला था, लेकिन नूर ने बिना कुछ कहे वहाँ से जाने के लिए कदम बढ़ा दिए। जाते-जाते उसने

एक बार फिर अयान की तरफ़ देखा, उसकी आँखों में एक अनकहा भाव था। जैसे वह कुछ कहना चाहती हो, लेकिन कह नहीं सकती। नूर जैसे ही उसके पास से होकर जाने लगी, वैसे ही अयान और नूर की आँखें कुछ पल के लिए एक-दूसरे से मानो जुड़ सी गईं। नूर के आगे बढ़ते ही अयान को एक जानी-पहचानी खुशबू उसके दिमाग में बसती हुई महसूस हुई। अचानक, उसके भीतर कुछ कौंधा—यही खुशबू उसने उस दिन भी महसूस की थी जब वह मंदिर में था। उसे याद आया कि जब उसने उस अनजान लड़की को पहली बार देखा था, तब भी यही खुशबू थी, और जब उसे अपने जन्मदिन पर वह फोन मिला था, तब भी।

अयान के भीतर जैसे कोई पहेली हल हो गई। उसकी धड़कनें तेज़ हो गईं, और उसने बिना कुछ सोचे नूर का हाथ पकड़ लिया। नूर के दिल की धड़कन और तेज़ हो गई, वह कुछ समझ नहीं पाई। उसके पास से बहती ठंडी हवा भी उसके भीतर की गर्मी को कम नहीं कर पा रही थी। अयान ने गहरी नज़र से उसकी आँखों में झाँकते हुए धीमे से कहा, **"थैंक यू... थैंक यू सो मच, जो भी तुमने मेरे लिए किया।"**

नूर की आँखों में उलझन थी। उसने धीमी आवाज़ में कहा, **"मैं समझी नहीं, आप क्या कह रहे हैं?"**

अयान ने उसके हाथों को हल्के से अपनी ओर खींचा, और दोनों इतने करीब आ गए कि एक-दूसरे की धड़कनों की गूँज साफ़ सुनाई देने लगी। बारिश की ठंडी बूँदें उनके गर्म होते अहसासों को और गहरा कर रही थीं।

अयान की आवाज़ में एक अजीब सी कशिश थी, जब उसने कहा, **"मैं समझ गया हूँ कि तुम वही लड़की हो… जो मेरे लिए हमेशा दुआ करती है, मेरे हर सपने में मेरे साथ होती है, मेरे हर दर्द को बिना कहे समझ लेती है। तुम ही तो थी जिसने मेरे एक्ज़ाम में पास होने के लिए प्रार्थना की थी, जिसने मेरा टूटे हुए फोन के बदले चुपचाप मुझ तक नया फोन पहुचा दिया, बिना यह जाहिर किए कि वो तुमने दिया हैं।"**

उसने नूर की आँखों में झाँका, जो अब हल्की नमी से चमक रही थीं। उसकी नज़रें जैसे अयान के दिल तक उतर रही थीं।

"पर क्यों, ऐसा क्यों? क्या मेरे लिए तुम्हारे दिल में वही एहसास हैं, जो मेरे दिल में तुम्हारे लिए हैं?" अयान की आवाज़ में हल्की कंपकंपी थी, जैसे वह किसी अनकहे जवाब का इंतज़ार कर रहा हो।

नूर चाहकर भी खुद को रोक नहीं पाई। उसकी आँखों से छलकते जज़्बात उसकी मजबूरी बयां कर रहे थे। अगले ही पल, वह अयान के सीने से लग गई, मानो बरसों की बंधी भावनाओं का सैलाब अब और नहीं रोका जा सकता।

उसकी सिसकियों के बीच धीमी आवाज़ उभरी, **"तुमने सही कहा, अयान… मेरे दिल में भी तुम्हारे लिए वही अहसास हैं, जो तुम्हारे दिल में मेरे लिए हैं। लेकिन फर्क बस इतना है कि मुझे इस प्यार का एहसास बहुत पहले हो गया था… और शायद तुम्हें आज हुआ है।"**

अयान ने उसके भीगे बालों को हल्के से छूते हुए कहा, "माँ ने बचपन में मुझसे कहा था कि बारिश सारे दुख-दर्द धो देती है... आज लगता है कि उनकी बात सच थी, क्योंकि इस बारिश ने मुझे तुम्हारे और करीब ला दिया।"

नूर ने अपनी आँखें बंद कर लीं, मानो इस पल को हमेशा के लिए कैद कर लेना चाहती हो। कुछ पल बाद, जब उसने अपना सिर उठाया, तो उसकी पलकें अब भीगी थीं, मगर चेहरे पर एक सुकून था।

अयान ने हल्की मुस्कान के साथ उसकी ओर देखा और धीरे से कहा, "मुझे आज तक तुम्हारा नाम तक नहीं पता था, फिर भी मेरे दिल में तुम्हारे लिए ये प्यार कैसे आ गया, मुझे खुद नहीं पता।"

नूर ने हल्के से मुस्कुराते हुए कहा, "नूर... मेरा नाम नूर है।"

अयान ने उसकी आँखों में देखा और गहराई से महसूस किया कि यह नाम कितना सही था, "नूर... यानी रोशनी। शायद तुम्हारे आने से ही मेरे जीवन में यह उजाला आया है।"

इस पल में हमेशा के लिए नूर कैद हो जाना चाहती थी, जैसे यह लम्हा कभी खत्म न हो। लेकिन तभी अयान ने हल्की मुस्कान के साथ कहा,

"हमें अब अपने-अपने घर चलना चाहिए। तुम्हारे पापा का फोन भी आया था। मेरा तो जाने का मन नहीं है, लेकिन अभी के लिए हमें जाना होगा।"

अयान ने नूर की तरफ़ देखा और नूर ने अयान की आँखों में झाँका। दोनों ने बिना कुछ कहे एक-दूसरे की बात को समझते हुए हल्के से सिर हिला दिया। नूर ने हल्के हाथों से अयान की कलाई थामी और दोनों धीमे कदमों से चलने लगे, जैसे चाहते हों कि यह रास्ता कभी ख़त्म ही न हो। बारिश अब भी हल्की-हल्की हो रही थी। दोनों की ख़ामोशी के बीच सिर्फ़ उनके दिलों की धड़कनें सुनाई दे रही थीं। जब वे उस जगह पहुँचे जहाँ उनकी राहें अलग होनी थीं, अयान कुछ पल के लिए ठहर गया। उसने नूर को देखा, मानो उसकी आँखों में कुछ खोज रहा हो।

"तुमसे फिर कब मिलूँगा?" अयान ने हौले से पूछा।

नूर मुस्कुराई, **"जब किस्मत चाहेगी।"**

अयान ने हल्की हँसी के साथ कहा, **"कम से कम एक नंबर ही दे दो, ताकि किस्मत का इंतज़ार न करना पड़े।"**

नूर ने उसकी आँखों में हल्की शरारत के साथ देखा, **"इतनी जल्दी नंबर? क्या इतनी जल्दी दोस्ती करोगे?"**

अयान ने जवाब दिया, **"मुझे लगता है कि दोस्ती तो बहुत पहले हो चुकी थी, बस हमें अब इसका एहसास हुआ है।"**

नूर मुस्कुराई और हल्की झिझक के साथ अपना नंबर अयान को दे दिया। अयान ने नंबर सेव करते हुए कहा, **"अब यह नंबर सिर्फ़ मेरे लिए रहेगा।"**

नूर ने हल्के से सिर झुकाया, मुस्कुराई, और फिर मुड़कर अपनी गली में चलने लगी। अयान उसे जाते हुए देखता रहा, जब तक वह पूरी तरह ओझल नहीं हो गई। बारिश की नर्म बूंदें अब भी गिर रही थीं, और अयान के होंठों पर एक मुस्कान थी —एक **नई शुरुआत की मुस्कान।**

* * * * *

रिश्तों की नई रात

रात की नर्म चांदनी में नूर और अयान की मुलाकात किसी अधूरी दास्तान के पन्ने जैसी लग रही थी। अयान बालकनी में खड़ा था, उसकी आँखें खोई हुई थीं। उसकी ज़िंदगी में कई उलझनें थीं, लेकिन आज उसकी उलझनें किसी और वजह से थीं–नूर।

नूर, जो उसके लिए किसी पहेली से कम नहीं थी। वह हर बार अयान के करीब आती, उसकी परेशानियों को समझती, लेकिन खुद को हमेशा एक रहस्य बनाकर रखती। आज भी जब नूर ने उसे नीचे बुलाया, तो अयान का दिल हल्की-सी उम्मीद से भर गया था। वह नीचे पहुँचा तो नूर एक पेड़ के नीचे खड़ी थी। उसके चेहरे पर चांदनी का हल्का नूर था, जो उसकी मासूमियत को और निखार रहा था। अयान के दिल की धड़कनें तेज़ हो गईं।

"तुमने बुलाया?" अयान ने हल्की आवाज़ में पूछा।

नूर ने उसकी आँखों में झाँका, फिर मुस्कुराकर बोली, **"तुम्हारी आँखें बहुत कुछ कह रही हैं, अयान। क्या मैं सुन सकती हूँ?"** अयान कुछ पल चुप रहा, फिर धीरे-धीरे अपनी उलझनें बताने लगा। नूर बिना किसी रुकावट के सुन रही थी, जैसे उसकी हर बात उसके लिए मायने रखती हो। जब

अयान ने अपनी परेशानी खत्म की, तो नूर ने उसकी आँखों में देखते हुए कहा, **"कभी-कभी, प्यार सिर्फ महसूस करने की चीज़ नहीं होती, उसे अपनाना भी पड़ता है।"**

अयान थोड़ा चौंका। **"मतलब?"**

नूर ने एक कदम आगे बढ़ाया, अब वे दोनों बहुत करीब थे। **"मतलब ये कि मैं हमेशा से तुम्हारे साथ हूँ, लेकिन क्या तुमने मुझे अपनाया है, अयान?"**

अयान की साँसें थम गईं। उसके पास कोई जवाब नहीं था। उसे पहली बार एहसास हुआ कि नूर सिर्फ उसकी मदद नहीं कर रही थी, बल्कि उसे उसकी ज़िंदगी में एक ख़ास जगह देना चाहती थी।

नूर ने हल्के से उसका हाथ थामा, **"तुम्हें अपनी परेशानियों से अकेले लड़ने की ज़रूरत नहीं है, अयान। मैं तुम्हारे साथ हूँ। हर लम्हे, हर मुश्किल में। क्या तुम मुझे अपनाने को तैयार हो?"**

अयान की आँखों में नमी आ गई। पहली बार उसे महसूस हुआ कि नूर सिर्फ एक दोस्त नहीं थी, वह उसकी रौशनी थी, उसकी ज़िंदगी की सबसे खूबसूरत हकीकत। उसने हल्के से नूर का हाथ दबाया और मुस्कुराकर कहा, **"मैं हमेशा से तैयार था, बस देर से समझा।"**

उस रात, अयान और नूर के बीच सिर्फ शब्दों का नहीं, बल्कि दिलों का रिश्ता कायम हुआ।

कुछ दिनों बाद, अयान और नूर एक साथ शहर के किनारे एक छोटे से कैफे में बैठे थे। अयान अब पहले से थोड़ा हल्का महसूस कर रहा था, जैसे किसी ने उसकी मुश्किलों का बोझ बाँट लिया हो। नूर चुपचाप उसकी बातें सुन रही थी, लेकिन उसके चेहरे की हल्की मुस्कान बता रही थी कि वह अयान के बदलते रूप को महसूस कर रही है।

"नूर, तुम हमेशा मेरी मदद क्यों करती हो? मैं जानता की तुम कौन हों।" अयान ने गहरी नजरों से नूर की तरफ देखा।

नूर ने अयान की तरफ प्यार भरी नजरों से देखा और बोली **"कौन हूँ मैं बतायो जारा मैं भी तो जानू कौन हूँ मैं?"**

"तुम्हारे पापा विक्रांत चौहान हैं इस शहर के बहुत बड़े आदमी हैं और तुम उनकी एकलौटी बेटी हों, तुम्हारे पास दुनिया की हर वो खुशी हैं जो होनी चाहिए। पर फिर भी तुम मुझसे इतना प्यार क्यूँ करती हों क्या हैं मेरे पास कुछ भी नहीं"- अयान ने अपने दिल को समझते हुए नूर से कहा।

नूर ने हल्के से कॉफी का घूंट लिया और धीरे से बोली, **"क्या प्यार के लिए पैसे की जरूरत होती हैं नहीं ना। तुम मेरी ज़िंदगी का वो हिस्सा हो, जिसे मैं खोना नहीं चाहती।"**

अयान इस जवाब के लिए तैयार नहीं था। उसने कभी सोचा भी नहीं था कि नूर उसके लिए इतने गहरे जज़्बात रखती है। उसके दिल में हलचल मच गई। क्या वह भी नूर

के लिए यही महसूस करता था? शायद हाँ। लेकिन उसे समझने में देर लग गई थी।

"अगर मैं कहूँ कि मुझे भी तुम्हारी आदत हो गई है?" अयान ने नूर की तरफ देखा।

नूर मुस्कुराई, **"तो मैं कहूँगी कि तुम्हें इस एहसास को जल्दी अपनाना चाहिए। क्योंकि प्यार सिर्फ महसूस करने की चीज़ नहीं होती, उसे जीना भी पड़ता है।"**

अयान ने बहुत प्यार से नूर की आखों में देखा और बोला - **"नूर क्या मैं तुम्हारा हाथ अपने हाथों में रख सकता हूँ, क्या मुझे हक़ हैं?"**

नूर ने हल्की सी मुस्कान के साथ बोली - **"तुम्हें हक़ हैं।"**

"तुम जानती हों की मुझे बहुत कुछ करना हैं अपनी फॅमिली के लिए क्या तुम इसमे मेरा साथ दे पाओगी?"

"यह भी कोई पूछने की बात हैं"- नूर बोली।

"अगर मैं इसमे कामयाब नहीं हों पाया तब भी मेरी साथ यू ही दोगी?" - अयान ने डरते डरते यह पूछा।

तभी नूर ने अपना दूसरा हाथ अयान के हाथों के ऊपर रखा और बोली - **"मेरी आखों में देखो तुमको सारे जवाब अपने आप ही मिल जायेगे... और जो मैं इसमे फ़ेल हो गयी वो दिन मेरा आखिरी दिन..."**

अयान ने तुरन्त अपना हाथ नूर के होठों पर लगया - **"दुबारा ऐसा सोच कर भी बोलने की कोशिश न करना नूर।"**

अयान के चेहरे पर हल्की मुस्कान आ गई। वह समझ गया की नूर के बिना उसकी दुनिया अधूरी थी। उस शाम, जब वे दोनों कैफे से बाहर निकले, तो हवा में एक अजीब-सी मिठास थी। शायद यह उनके नए रिश्ते की शुरुआत थी। शहर की हल्की-हल्की रौशनी में नूर और अयान एक-दूसरे का हाथ थामे चले जा रहे थे। सड़क के किनारे लगे पेड़ उनकी परछाइयों को और भी गहरा बना रहे थे, जैसे उनके रिश्ते की मजबूती को दर्शा रहे हों।

नूर की आँखों में एक अलग ही चमक थी, जैसे वह अयान के साथ अपनी पूरी दुनिया देख रही हो। अयान भी पहली बार खुद को इतना हल्का महसूस कर रहा था, जैसे नूर का साथ उसके सारे बोझ अपने साथ बहा ले गया हो।

"कभी सोचा नहीं था कि प्यार इतना सुकून भरा होगा," अयान ने हल्की मुस्कान के साथ कहा।

नूर ने उसकी तरफ देखा, उसकी आँखों में गहराई थी, **"प्यार सुकून भी है और हलचल भी, बस ये जरूरी है कि साथ देने वाला सही इंसान हो।"**

अयान ने उसके हाथ को और भी मजबूती से थाम लिया, मानो वह इस एहसास को कभी खोना नहीं चाहता। चाँद की हल्की रोशनी उनके रास्ते को रौशन कर रही थी, और उन

दोनों की आँखों में अनगिनत सपने सज रहे थे। शायद यही प्यार था—खामोश, मगर सबसे ज्यादा बोलने वाला।

"तो कल मुझे नहीं बुलाओगी अपने घर?" अयान ने हल्की शरारत भरी मुस्कान के साथ कहा।

नूर ने भौंहें उठाकर पूछा, **"क्यों? ऐसा क्या खास है कल?"** उसकी आवाज़ में छुपी हुई मासूमियत साफ झलक रही थी।

अयान ने गहरी साँस ली और उसकी आँखों में झांकते हुए मुस्कुराया, **"तुम नहीं बताओगी तो क्या मुझे पता नहीं चलेगा? कल तुम्हारा जन्मदिन है, नूर जी!"**

नूर एक पल के लिए चौंक गई। उसकी आँखों में हैरानी थी। **"तुमको कैसे पता?"**

अयान ने मज़ाकिया अंदाज़ में कंधे उचकाए, **"बस पता है, और मैं आ रहा हूँ, चाहे तुम बुलाओ या नहीं।"**

नूर हल्के से मुस्कुराई और सिर झटकते हुए बोली, **"मैं कौन सा मना कर रही हूँ? बिल्कुल आना है तुम्हें... शाम सात बजे। और हाँ, खाली हाथ मत आना!"**

अयान ने आँखों में चमक लिए जवाब दिया, **"तोहफा मैं पहले ही तय कर चुका हूँ... देखना, ये जन्मदिन तुम्हारे लिए सबसे यादगार होगा।"**

नूर ने सिर झुकाया, मगर उसके गालों पर छाई गुलाबी रंगत उसके दिल की हर बात कह रही थी। दूसरे दिन सुबह

से ही नूर अपने घर में पार्टी की तैयारियों में जुटी हुई थी। हर कोना रोशनी और फूलों से सजा था, लेकिन उसके दिल की असली ख़ुशी इन सजावटों से नहीं, बल्कि इस एहसास से थी कि आज अयान पहली बार उसके घर आने वाला था। उसने पहले ही अपने पापा को बता दिया था, क्योंकि नूर और अयान दोनों अपने माता-पिता से कुछ भी नहीं छुपाते थे।

शाम होते ही मेहमान एक-एक करके आने लगे। हँसी-मजाक, गाने और बातचीत से पूरा माहौल रंगीन हो चुका था, लेकिन नूर की नज़रें बार-बार दरवाजे की ओर उठ जातीं। उसके लिए यह पार्टी तभी पूरी होने वाली थी जब अयान वहाँ आ जाएगा। उसने मन ही मन ठान लिया था कि वह केक तभी काटेगी जब अयान आएगा और उसके साथ खड़ा होगा। अचानक डोरबेल बजी। नूर के दिल की धड़कन तेज़ हो गई। बिना कुछ सोचे-समझे वह दरवाजे की ओर दौड़ी, मानो पहले से ही जानती हो कि कौन आने वाला है। उसने झटके से दरवाज़ा खोला, और सामने अयान खड़ा था... लेकिन अकेला नहीं। उसके साथ उसकी माँ भी थीं।

नूर कुछ पल के लिए स्तब्ध रह गई। उसे अंदाजा भी नहीं था कि अयान अपनी माँ को भी साथ लेकर आएगा। लेकिन बिना किसी हिचकिचाहट के, उसने झुककर माँ के पैर छू लिए। अयान की माँ ने बिना एक पल गंवाए उसे अपने दोनों हाथों से ऊपर उठाया और गहरी ममता से सीने से लगा लिया। उनके स्पर्श में एक अनकही अपनापन था, जैसे बरसों से बिछड़ी कोई संतान अपनी माँ की गोद में लौट आई हो।

"जन्मदिन की ढेर सारी शुभकामनाएँ, बेटी।"

"बेटी"–यह शब्द नूर के भीतर कुछ टूटे हुए हिस्सों को जैसे एक पल में जोड़ गया। उसकी आँखों में नमी छलक आई। यह एक ऐसा संबोधन था, जिसके लिए वह जाने कब से तरस रही थी। जब से उसकी अपनी माँ इस दुनिया से चली गई थीं, किसी ने उसे इतने स्नेह से नहीं पुकारा था। ऐसा लगा जैसे अयान की माँ के इन तीन अक्षरों ने उसके दिल के किसी गहरे जख्म पर मरहम रख दिया हो। उसकी रूह तक को ठंडक पहुंची। वह चाहकर भी अपनी नम आँखें नहीं छिपा पाई।

उसने धीरे से अपनी पलकों को झपकाया, होंठ कांप उठे, मगर मुस्कुराने की कोशिश की। उसके अंदर कुछ था जो कहना चाह रहा था, लेकिन गले में जैसे शब्द अटक गए थे। बस, एक हल्की सी सिसकी उसकी सांसों में घुलकर रह गई। आज बहुत अरसे बाद किसी ने उसे ऐसे गले लगाया था, जैसे वह सच में अपनी हो–जैसे वह अकेली नहीं थी।

नूर की आँखें अचानक से भर आईं। बचपन में अपनी माँ को खोने के बाद, उसने कभी इस तरह किसी माँ को गले नहीं लगाया था। वह उस पल को बस महसूस करना चाहती थी–वो ममता, वो अपनापन, जिसे उसने बरसों से तरसकर देखा था। आज जैसे सालों की तड़प, अकेलापन और अधूरापन किसी एक लम्हे में पिघलकर बह जाना चाहता था।

उसकी उंगलियाँ हल्के से अयान की माँ की पीठ पर कस गईं, जैसे वह इस अहसास को हमेशा के लिए पकड़ लेना चाहती हो। उसकी आँखों से बहते आँसू उस स्नेह के गवाह थे, जो उसे इस तरह पहली बार नसीब हुआ था।

"बेटी..." यह शब्द उसके दिल की गहराइयों तक उतर गया। उसकी रूह तक कांप उठी। कितनी बार उसने अकेले में यह कल्पना की थी कि काश कोई उसे इस नाम से पुकारे, कोई उसे अपनी बाँहों में भरकर वह सुकून दे, जो माँ के बिना अधूरा रह गया था।

आज बरसों बाद किसी ने उसे अपने सीने से लगाकर यह एहसास दिलाया था कि वह दुनिया में अकेली नहीं थी। उसकी आँखों से गिरते आँसू न जाने किस अधूरी चाहत को बयान कर रहे थे। वह बस चुपचाप, भीगी पलकें लिए उस ममता की गर्माहट में खुद को खो देना चाहती थी—थोड़ी देर के लिए ही सही, लेकिन पूरी तरह से। अयान चुपचाप खड़ा यह सब देख रहा था। पहली बार, उसने नूर की आँखों में आँसू देखे जो दर्द के नहीं, बल्कि एक अधूरे एहसास के पूरे होने की वजह से थे। शायद, यह जन्मदिन वाकई उसके लिए सबसे खास बनने वाला था।

फिर नूर और अयान ने मिल कर केक कट किया। अयान ने अपने माँ और नूर को आपस में बात करते हुए, बात बात पर उनका आपस में गले मिलना मानो जैसे अयान को सुकून दे रहा हूँ उसे लगा जैसे उसने अपने जीवन में सब कुछ पा लिया हो।

नूर अयान के पास आ कर सीधे उसके गले से लग गयी - "शुक्रिया अयान ऐसा गिफ्ट सिर्फ तुम ही दे सकते हो"

* * * * *

सांसों की करीबियां

स्कूल की पढ़ाई पूरी करने के बाद कॉलेज में एडमिशन का समय आ चुका था। अयान और नूर, जो एक-दूसरे से बेइंतहा मोहब्बत करने लगे थे, अब अपने भविष्य के इस नए सफर की ओर बढ़ रहे थे। यह सफर न सिर्फ उनके करियर के लिए था, बल्कि उनके रिश्ते को और गहराई से समझने के लिए भी।

अयान ने अपने दोस्त अश्वनी के साथ शहर के सबसे प्रतिष्ठित कॉलेज में एडमिशन फॉर्म भरा था। दूसरी ओर, नूर ने बिना किसी को बताए उसी कॉलेज में अपना दाखिला पक्का करवा लिया था। वह चाहती थी कि अब उनका रिश्ता और भी मजबूत हो, कि हर दिन उसकी नज़रें उसी चेहरे को देखें जिसे उसने पहली बार पार्क में बैठकर पसंद किया था। उसने ये बात अयान को नहीं बताई थी क्यूंकि वो चाहती थी की जिस दिन कॉलेज का पहला दिन होगा वो अयान को उसके कॉलेज में मिल कर उसको सरप्राइज़ करेगी।

कॉलेज का पहला दिन था। चारों तरफ नए छात्र-छात्राएं अपने नए सफर की शुरुआत कर रहे थे। अयान और अश्वनी भी नए माहौल में ढलने की कोशिश कर रहे थे।

"भाई, कॉलेज का माहौल तो जबरदस्त है!" अश्वनी ने कहा, चारों तरफ देखते हुए।

अयान हल्का सा मुस्कुराया, **"हां, यहां बहुत कुछ सीखने को मिलेगा।"**

इसी बीच, नूर भी अपने दोस्तों के साथ कॉलेज में दाखिल हुई। उसने जब कैंपस में कदम रखा, उसकी नजरें सबसे पहले अयान को ढूंढने लगीं। और फिर, उसे देख ही लिया–अपने दोस्तों के साथ हंसता हुआ, आत्मविश्वास से भरा हुआ। नूर की धड़कनें तेज़ हो गईं। उसने खुद से वादा किया था कि वह अपने प्यार को हर हाल में निभाएगी।

पहली क्लास शुरू हुई। अयान और अश्वनी ने एक साथ सीट ले ली। प्रोफेसर ने जैसे ही नाम पुकारने शुरू किए, नूर का दिल और तेजी से धड़कने लगा।

"अयान प्रताप सिंह?"

"यस, सर!" अयान ने जवाब दिया।

"नूर सिंह?"

"यस, सर," नूर की आवाज हल्की थी, लेकिन उसमें वही पुरानी मोहब्बत झलक रही थी। अयान ने तुरंत उसकी तरफ देखा। एक पल के लिए दोनों की नजरें मिलीं। समय जैसे धीमा पड़ गया था। क्लासरूम में हलचल थी–स्टूडेंट्स अपनी जगहें ले रहे थे, प्रोफेसर अपनी फाइलें समेट रहे थे, लेकिन अयान और नूर के लिए मानो सब ठहर सा गया था। अयान

हल्का सा मुस्कुराया, जैसे वह पहले से जानता था कि नूर यहीं होगी। उसकी आँखों में एक अजीब सी चमक थी—शायद पुरानी यादों की, या शायद उस अहसास की जो दोनों के बीच हमेशा रहा था, लेकिन कभी शब्दों में ढल नहीं पाया। नूर ने भी हल्की मुस्कान दी। उसकी मुस्कान में एक शांत आत्मविश्वास था, जैसे वह जानती हो कि अयान उसे ढूंढ ही लेगा। बिना एक भी शब्द कहे, उसने अपनी नज़रें हल्के से झुका लीं और अपनी सीट की तरफ इशारा किया—बैठ जाओ, यहीं।

अयान को ज्यादा कहने या सोचने की जरूरत नहीं थी। जैसे ही प्रोफेसर बोर्ड पर कुछ लिखने में व्यस्त हुए, अयान ने बिना किसी और देरी के नूर की सीट के पास जाकर अपनी जगह ले ली। **"तुम हमेशा देर से आते हो,"** नूर ने धीमी आवाज़ में कहा, उसकी आँखों में हल्की शरारत थी। **"और तुम हमेशा जान जाती हो कि मैं कहाँ आऊँगा,"** अयान ने मुस्कुराते हुए जवाब दिया।

क्लास शुरू हो चुकी थी, लेकिन उनके बीच जो बातचीत चल रही थी, वह बिना शब्दों के भी समझ में आ रही थी। यह वही पुरानी केमिस्ट्री थी, जिसे वे कभी जाहिर नहीं करते थे, लेकिन दोनों महसूस जरूर करते थे। शायद, कुछ कहानियाँ शब्दों से नहीं, नज़रों की मुलाकात से लिखी जाती हैं।

कॉलेज में माहौल हलचल से भरा था। हर तरफ स्टूडेंट्स अपने-अपने ग्रुप्स में बँट रहे थे, व्हाइटबोर्ड पर असाइनमेंट की डिटेल्स लिखी जा रही थीं, और प्रोफेसर अपने हाथ में

प्रोजेक्ट्स की लिस्ट थामे सबको नाम अलॉट कर रहे थे। **"इस बार का प्रोजेक्ट आर्टिफिशियल इंटेलिजेंस के नए-नए रूपों पर होगा,"** प्रोफेसर की गहरी आवाज़ कमरे में गूंजी। **"हर टीम को एक अलग एआई टॉपिक मिलेगा, और आपको इसे विस्तार से स्टडी करके अपनी रिपोर्ट तैयार करनी होगी।"**

अयान ने अपनी कुर्सी पर थोड़ा पीछे झुककर सुना। उसे प्रोजेक्ट में हमेशा दिलचस्पी थी, खासकर जब बात एआई की हो। लेकिन अगले ही पल, जब प्रोफेसर ने ग्रुप्स की घोषणा की, तो वह थोड़ा चौंक गया।

"अयान और नूर, तुम दोनों एक ही ग्रुप में होगे।"

कुछ पलों के लिए उसे यकीन नहीं हुआ। क्या सच में?

उसने तुरंत सामने देखा। नूर भी उसे ही देख रही थी। एक पल के लिए दोनों की निगाहें मिलीं—नूर की आँखों में हल्का सा आश्चर्य था, लेकिन उसके होंठों पर एक अनजानी खुशी भी झलक रही थी।

अयान के चेहरे पर हल्की मुस्कान आई, जैसे उसे पहले से ही अंदाजा था कि ऐसा कुछ होने वाला है। "संयोग?" उसने मन ही मन सोचा, या फिर किस्मत का कोई खेल?

नूर ने नज़रें हल्की झुका लीं, लेकिन उसके होठों के कोने अब भी मुस्कुरा रहे थे। शायद, वह भी इस संयोग को पसंद कर रही थी। प्रोजेक्ट महज़ एक कॉलेज असाइनमेंट था, लेकिन उनके लिए यह कुछ और था—एक नया मौका,

एक नई शुरुआत, शायद कुछ नया कहने या समझने का भी। और दोनों के दिलों में एक ही सवाल था–क्या यह साथ सिर्फ़ इस प्रोजेक्ट तक सीमित रहेगा, या फिर यह कहानी आगे भी बढ़ेगी?

प्रोजेक्ट मीटिंग के दौरान, जब सभी ग्रुप मेंबर्स आपस में बातें कर रहे थे, अयान ने नूर की तरफ देखा और धीरे से कहा, **"तो, अब हम साथ में पढ़ाई भी करेंगे?"**

नूर हल्का सा हंसी, **"शायद किस्मत चाहती है कि हम हमेशा साथ रहें।"** अयान ने प्यार भरी नजरों से उसकी तरफ देखा, **"शायद किस्मत को हमारी कहानी पहले से ही पता थी।"**

कॉलेज में दिन बीतते गए। अयान और नूर का रिश्ता और भी गहरा होता गया। अब वे न अजनबी रहे, न ही एक-दूसरे से दूर। बल्कि, उन्होंने ज़िंदगी के हर उतार-चढ़ाव में साथ निभाने और एक-दूसरे का हमसफ़र बनने का वादा कर लिया था। उन्होंने अपने प्रोजेक्ट के लिए कॉलेज में कई घंटे साथ में बिताए–कभी कैंटीन में हंसी-मजाक करते हुए, तो कभी लाइब्रेरी में चुपचाप एक ही किताब के दो पन्नों पर नजरें गड़ाए। नूर को हर लम्हा अयान के साथ बिताना अच्छा लगता था, और अयान को भी उसके साथ रहकर एक अजीब सुकून महसूस होता था। ऐसा नहीं था कि वे पहली बार साथ थे, लेकिन इस बार उनके बीच का रिश्ता एक नए मोड़ पर था–जहां प्यार सिर्फ एहसास नहीं, बल्कि एक जिम्मेदारी भी बन चुका था।

आज प्रोजेक्ट सबमिट करने का आखिरी दिन था। नूर और अयान ने इस पर कई दिनों तक मेहनत की थी। वे दोनों जानते थे कि यह सिर्फ एक असाइनमेंट नहीं था, बल्कि उनके संघर्ष और साथ बिताए पलों की कहानी थी। जब वे प्रोजेक्ट जमा करने पहुंचे, अयान ने फाइल खोली और नूर का नाम सबसे ऊपर लिख दिया। उसने अपना नाम नीचे कर दिया। नूर ने जब यह देखा तो चौंक गई। उसने हल्के से अयान का हाथ पकड़ते हुए कहा, **"ये क्या किया तुमने?"**

अयान ने उसकी आँखों में देखा और मुस्कुराया, **"तुमने मेरे लिए बहुत कुछ किया है, नूर। यह बस मेरी तरफ से एक छोटा सा तोहफा है। मैं चाहता हूँ कि तुम्हारा नाम सबसे पहले आए, तुम्हें अच्छे ग्रेड मिलें। तुम इसे डिजर्व करती हो।"** नूर की आँखें हल्की सी भीग गईं। उसने अपने हाथ को धीरे से खींचा और फाइल को देखा। फिर मुस्कुराकर कहा, **"अगर तुम सच में मुझे सबसे आगे रखना चाहते हो, तो एक शर्त है–हमेशा मेरे साथ रहना, हर मुश्किल और हर खुशी में।"**

अयान ने उसकी तरफ देखा, हल्के से सिर झुकाया और मुस्कुराते हुए कहा, **"वादा रहा, नूर।"** प्रोजेक्ट सबमिट करने के बाद, दोनों बाहर कैंपस में एक बड़े पेड़ के नीचे बैठ गए। हवा में हल्की ठंडक थी और आसमान में सूरज ढलने की तैयारी कर रहा था। नूर अयान की तरफ मुड़ी और धीरे से बोली, **"अयान, अगर किस्मत ने हमें साथ रखा, तो मैं चाहती हूँ कि यह सफर कभी खत्म न हो।"**

नूर ने हल्की मुस्कान दी, लेकिन उसकी आँखों में एक गहराई थी, एक एहसास जो शब्दों में बयां नहीं किया जा सकता था। वह अयान को देख रही थी–उस शख्स को, जिससे वह बरसों से बेइंतहा मोहब्बत करती आई थी। आज पहली बार उसे महसूस हो रहा था कि यह मोहब्बत अब सिर्फ दिल तक सीमित नहीं रही, यह उसकी रूह का हिस्सा बन चुकी थी।

हवा में हल्की ठंडक थी। शाम ढल रही थी, सूरज के आखिरी सुनहरे किरणें पेड़ों की शाखाओं से छनकर गिर रही थीं। चारों तरफ एक अजीब सा सुकून था, जैसे पूरी कायनात उनकी इस नज़दीकी को महसूस कर रही हो। नूर ने धीरे से अपनी उंगलियों को अयान की हथेलियों पर रखा। उसका स्पर्श हल्का था, लेकिन अयान को ऐसा लगा जैसे कोई उसकी धड़कनों को छू रहा हो। अयान ने भी उसकी हथेलियों को अपनी मजबूत उंगलियों में थाम लिया, उसकी गर्माहट को महसूस किया।

कुछ देर तक दोनों बस एक-दूसरे को देखते रहे–बिना कुछ कहे, बिना कुछ पूछे। उनकी आँखें ही सब कह रही थीं। नूर ने धीरे से अपना सिर झुकाया और फुसफुसाई, **"अयान… मैं…"**

अयान ने अपनी उंगलियों से हल्के से उसके चेहरे को छुआ, उसके गालों पर अपनी उंगलियों की नर्मी छोड़ते हुए। नूर की साँसें तेज़ हो गईं। उसके दिल की धड़कनें तेज़ थीं, जैसे कोई हलचल मच गई हो अंदर।अयान ने अपनी उंगलियों

से उसके चेहरे को ऊपर उठाया। अब उनकी आँखें एक-दूसरे में डूबी हुई थीं। नूर का चेहरा हल्की गुलाबी आभा में रंग चुका था।

फिर धीरे-धीरे, अयान ने अपना चेहरा नूर के करीब किया। नूर की पलकें धीरे-धीरे बंद होने लगीं, उसकी साँसें गहरी हो गईं।

और फिर... **उनके होंठ पहली बार मिले।**

वो छुअन नाज़ुक थी, हल्की थी, जैसे कोई मोमबत्ती की लौ को पहली बार छू रहा हो। लेकिन उस हल्की छुअन में इतनी गहराई थी कि वक्त थम सा गया था। नूर के होंठ कांप रहे थे, लेकिन उसने खुद को अयान के करीब खींच लिया। अयान ने अपने एक हाथ से नूर की कमर को थाम लिया, और दूसरे से उसके बालों को हल्के से छुआ। नूर ने अपने हाथों को उसकी गर्दन के पीछे रखा, उसकी उंगलियाँ अयान की पीठ को महसूस कर रही थीं।

कुछ सेकंड्स तक, उनके होंठ एक-दूसरे को तलाशते रहे-धीमे, नरम और अहिस्ता से। उस एक पल में, दुनिया में बस वही दो थे। जब वे अलग हुए, नूर की साँसें अब भी तेज़ थीं। उसने हल्के से अपनी आँखें खोलीं और देखा कि अयान उसे ही देख रहा था-प्यार से, चाहत से, मोहब्बत से।

नूर ने हल्के से मुस्कराकर कहा, **"ये पल कभी नहीं भूलूँगी, अयान।"**

अयान ने उसकी हथेलियों को चूमते हुए जवाब दिया, **"यह सिर्फ एक शुरुआत है, नूर।"**

उस पल में, कॉलेज का माहौल, दुनिया की हलचल, हर चीज़ फीकी पड़ गई। सिर्फ वे दोनों थे–एक अधूरी कहानी के दो किरदार, जो अपनी तक़दीर खुद लिखने को तैयार थे। अयान के लफ्ज़ अब भी नूर के कानों में गूंज रहे थे–**"यह सिर्फ एक शुरुआत है, नूर।"**

नूर ने हल्के से अपनी पलकों को झपकाया, जैसे वह इस लम्हे को अपनी यादों में हमेशा के लिए कैद कर लेना चाहती हो। उसके गाल अब भी हल्की गुलाबी आभा से रंगे हुए थे, और होंठों पर वही पहली छुअन की गर्मी बाकी थी।

चारों ओर हल्की ठंडक थी, मगर उनके बीच की मोहब्बत ने माहौल को एक अनकही गर्माहट से भर दिया था। हवा उनके बालों को हल्के से छूकर गुजर रही थी, जैसे खुद कायनात ने भी उनकी मोहब्बत को महसूस कर लिया हो। अचानक, कॉलेज के घंटे की आवाज़ आई। दोनों ने एक-दूसरे को देखा और हल्की मुस्कान के साथ खुद को सँभाला।

"अब चलें?" अयान ने नूर का हाथ थामते हुए पूछा।

नूर ने सिर हिलाया, लेकिन उसका मन अब भी उसी पल में अटका हुआ था। वह जानती थी कि यह सिर्फ एक लम्हा नहीं था–यह उनकी मोहब्बत का एक नया मोड़ था। जैसे ही वे दोनों कॉलेज के गेट की ओर बढ़े, नूर ने हल्के से अयान की उंगलियों को और कसकर पकड़ लिया। अयान ने उसकी

तरफ देखा और उसकी आँखों में वही वादा था–हमेशा साथ रहने का, हमेशा प्यार निभाने का।

यह उनका पहला कॉलेज था।

यह उनका पहला प्यार था।

और यह उनकी मोहब्बत का पहला मुकम्मल एहसास था।

* * * * *

नूर की उलझन

नूर और अयान के कॉलेज के कुछ दिन बाद की बात है, जब विक्रांत चौहान अपने बिज़नेस टूर से लौटे। शाम का वक्त था, घर की लाइट्स हल्की रोशनी बिखेर रही थीं। सूटकेस हाथ में लिए जब वह घर के अंदर दाखिल हुए, तो उनके कानों में नूर की खिलखिलाती हंसी पड़ी। वह अयान से फोन पर बात कर रही थी, उसकी हंसी पूरे घर में गूंज रही थी।

विक्रांत चौहान दरवाजे पर ही ठिठक गए। पहले जब भी वह टूर से वापस आते थे, नूर बेसब्री से दरवाजे पर उनका इंतजार करती थी, उनकी आहट पहचानकर दौड़ती हुई आती थी, लेकिन आज... आज वह किसी और से बातों में मशगूल थी। हल्की-सी उदासी उनके चेहरे पर उतर आई। उन्होंने कमरे के बाहर से ही नूर को आवाज़ लगाई– **"नूरा"**

नूर चौंककर पीछे मुड़ी। दरवाजे के पास उनके पापा खड़े थे, हल्की मुस्कान के साथ, मगर आँखों में अनकहे सवाल लिए। नूर ने जल्दी से अयान से कहा, **"अलविदा, बाद में बात करती हूँ,"** और दौड़कर अपने पापा के गले लग गई।

"कब आए आप, पापा?" उसकी आवाज़ में वही पुरानी खुशी थी, मगर विक्रांत को महसूस हुआ कि वक्त के साथ

कुछ बदल गया था। उन्होंने नूर को अपनी बाहों में भरते हुए हल्के से मुस्कुरा दिया। **"अभी-अभी आया हूँ,"** उन्होंने कहा, लेकिन दिल में कुछ हलचल थी–क्या उनकी नन्ही परी अब बड़ी हो गई थी?

विक्रांत चौहान ने हल्की मुस्कान के साथ अपना सूट उतारा और नूर की ओर देखते हुए धीमे से कहा, **"जल्दी से खाना लगवाओ, मुझे बहुत भूख लगी है।"**

नूर, जो पहले से ही जानती थी कि आज उनके पापा आने वाले हैं, तुरंत रसोई की ओर भागी। उसने सुबह ही घर में काम करने वालों से पापा की पसंद का खाना बनाने को कह दिया था। वह चाहती थी कि जब पापा आएं, तो उन्हें वही स्वाद और वही अपनापन मिले, जो हमेशा से उनका घर पर इंतजार करता था।

कुछ ही देर में टेबल सज चुकी थी–सादगी से भरी, मगर पूरी तरह से विक्रांत चौहान के पसंदीदा खाने से सजी हुई। सुगंधित दाल, हल्के मसालों वाली सब्जी, गर्मागर्म चावल और उनके पसंदीदा पराठे... हर चीज़ वैसी ही थी, जैसी उन्हें पसंद थी।

जब विक्रांत चौहान टेबल पर आए, तो उन्होंने देखा कि नूर के चेहरे पर वही पुरानी चमक थी–वही आत्मीयता, वही नटखटपन, वही परवाह। वह उसी लगन और प्यार से खाना परोस रही थी, जैसे वह हमेशा करती थी। विक्रांत की हल्की-सी उदासी कहीं पीछे छूट गई। उन्हें एहसास

हुआ कि भले ही वक़्त आगे बढ़ रहा हो, भले ही नूर की दुनिया में अब अयान भी एक महत्वपूर्ण हिस्सा बन चुका हो, मगर उनकी बेटी का प्यार उनके लिए कभी कम नहीं हो सकता।

उन्होंने बिना कुछ कहे पहली रोटी तोड़ी और चुपचाप एक कौर मुँह में रखा। दाल का वही स्वाद था–जो सालों से उनका सुकून बना हुआ था।

नूर ने पापा की आँखों में तैरते भावों को पढ़ लिया था। उसने हल्के से मुस्कुराते हुए पूछा, **"कैसा लगा, पापा?"**

विक्रांत चौहान ने एक गहरी सांस ली, अपनी बेटी को गौर से देखा और सिर हिलाते हुए कहा, **"बिलकुल वैसे ही, जैसे हमेशा लगता है... घर जैसा।"**

नूर खिलखिलाकर हँस पड़ी, और उस हंसी की गूंज पूरे घर में फैल गई। डाइनिंग टेबल पर गर्मागर्म खाने की महक फैली हुई थी, मगर विक्रांत चौहान का मन कहीं और था। उनकी नजरें कभी-कभी नूर पर टिक जातीं, मगर हर बार वह खुद को संभाल लेते।

नूर ने तुरंत भांप लिया कि पापा के चेहरे पर हल्की-सी चिंता की लकीरें थीं। वह उन्हें इस तरह देख नहीं सकती थी। उसने धीरे से उनके हाथों पर अपना हाथ रखा और हल्की मुस्कान के साथ बोली, **"पापा, क्या बात है? आप कुछ परेशान लग रहे हो। आप जानते हो न, मैं आपको यूँ चिंता में नहीं देख सकती। बताइए ना, क्या हुआ?"**

विक्रांत चौहान ने पहले तो कुछ कहने से बचने की कोशिश की, मगर फिर गहरी सांस लेते हुए बोले, **"मुझे तुम्हारी चिंता है, नूर। जब से तुम अयान से मिली हो, मैं देख रहा हूँ कि तुम उसकी बहुत मदद कर रही हो। यह अच्छी बात है, लेकिन मुझे डर लगता है कि कहीं तुम्हारी यह मदद अयान के लिए मुश्किल न खड़ी कर दे।"**

नूर कुछ पल के लिए ठिठक गई। उसे समझ नहीं आया कि पापा कहना क्या चाह रहे थे। उसने हल्के से सिर झुकाकर सोचा, फिर धीरे से पूछा, **"पापा, मैं समझी नहीं। आप कहना क्या चाहते हैं?"** विक्रांत चौहान ने अपनी बेटी को देखा। उसकी आँखों में सच्चाई और मासूमियत थी, लेकिन वह जानते थे कि दुनिया इतनी आसान नहीं होती।

"नूर," उन्होंने धीरे-धीरे शब्दों को तौलते हुए कहा, **"तुम्हारा अयान के लिए इस हद तक खड़े रहना, उसकी हर मुश्किल को हल करने की कोशिश करना, यह सब... क्या तुम्हें नहीं लगता कि इससे अयान पर दबाव बढ़ सकता है? क्या यह जरूरी है कि तुम उसकी हर परेशानी का हल निकालो?"**

अब नूर को धीरे-धीरे एहसास होने लगा कि पापा किस ओर इशारा कर रहे हैं। बातचीत आगे बढ़ने के साथ ही वह समझ गई कि उनके पापा अयान और उसके रिश्ते को लेकर चिंतित थे।

क्या वाकई वह अयान की मदद करने में इतनी खो गई थी कि उसने यह नहीं सोचा कि यह अयान के लिए बोझ भी बन सकता है?

नूर ने चुपचाप अपने पापा की बातों पर विचार किया। क्या उनकी चिंता सही थी? क्या उसने कभी अयान से यह पूछा था कि वह खुद कैसा महसूस करता है?

कमरे में एक अजीब-सी शांति छा गई थी। बाहर से ठंडी हवा के झोंके खिड़की के पर्दों को हल्के-हल्के हिला रहे थे, मगर अंदर नूर के मन में सवालों का एक तूफान उठ चुका था।

नूर पिछले कुछ दिनों से बहुत परेशान थी। हर रात वह अपने कमरे में बैठकर किसी गहरी सोच में डूबी रहती। कभी-कभी उसके चेहरे पर उदासी छा जाती, तो कभी वह खुद को समझाने की कोशिश करती। अयान को लेकर उसके मन में कई सवाल उठ रहे थे। अयान भी नूर के बदले हुए व्यवहार को महसूस कर रहा था। वह पहले जितनी सहज नहीं रही थी। ऐसा लगता था कि वह कुछ छिपा रही थी। उसकी आँखों में एक अजीब सी बेचैनी थी, जैसे कोई बड़ा फैसला लेने से पहले की घबराहट हो। अयान ने कई बार नूर से बात करने की कोशिश की, लेकिन हर बार नूर कोई न कोई बहाना बनाकर टाल देती।

एक दिन, जब अयान अपने दोस्त अश्विनी के साथ बैठा था, तो उसने अपनी इस उलझन का ज़िक्र किया।

"यार, नूर कुछ अजीब बर्ताव कर रही है पिछले कुछ दिनों से। ऐसा लग रहा है जैसे वो मुझसे कुछ छिपा रही हो। पहले तो वो हमेशा मेरी मदद करने के लिए तैयार रहती

थी, अब बात भी ठीक से नहीं करती। उसकी आँखों में कुछ अजीब सा डर और चिंता दिखती है।"

अश्विनी ने हल्के से सिर हिलाया, "ब्रो, कुछ तो है जो वो तुझसे कह नहीं रही। हो सकता है कि उसके घर में कुछ चल रहा हो या फिर... कहीं ऐसा तो नहीं कि उसके पापा को तुम्हारे रिश्ते से कोई परेशानी हो गई हो?"

अयान को यह सुनकर झटका लगा। क्या वाकई ऐसा हो सकता था? क्या नूर मुझसे इसलिए दूर हो रही थी क्योंकि उसके पिता चाहते थे कि मैं अपनी राह खुद बनाऊँ?

अगले दिन, अयान ने नूर से खुद मिलने का फैसला किया। वह उसी कैफ़े में गया, जहां वह अक्सर आती थी। वह वहाँ पहले से ही बैठी थी, लेकिन जब उसने अयान को देखा, तो उसका चेहरा थोड़ा गंभीर हो गया।

"नूर, मुझसे सच मत छिपाओ। मैं जानता हूँ कि तुम कुछ परेशान हो। क्या बात है?"

नूर ने एक गहरी सांस ली और कहा, "अयान, मेरे पापा तुम्हें पसंद करते हैं, लेकिन वे चाहते हैं कि तुम अपनी सफलता खुद हासिल करो। उन्हें लगता है कि अगर मैं तुम्हारी ज़्यादा मदद करूँगी, तो शायद तुम अपनी काबिलियत साबित नहीं कर पाओगे। इसलिए मैं... मैं थोड़ा दूर रहने की कोशिश कर रही थी।"

अयान ने उसकी आँखों में देखा। उसमें चिंता और असमंजस साफ झलक रहा था। "नूर, मैं समझ सकता हूँ

कि तुम्हारे पापा ऐसा क्यों सोचते हैं। लेकिन तुम ये मत सोचो कि मैं किसी का सहारा लेकर आगे बढ़ना चाहता हूँ। मैं अपनी मेहनत से अपनी ज़िंदगी बनाऊँगा।"

नूर ने हल्की मुस्कान के साथ कहा, "यही तो मैं भी चाहती हूँ, अयान। मैं चाहती हूँ कि तुम अपने सपनों को पूरा करो, बिना किसी डर के।"

नूर के पिता ने जब देखा कि नूर और अयान ने इस बात को समझ लिया है, तो उन्होंने नूर से कहा, "अगर तुम दोनों एक-दूसरे को समझते हो और सपोर्ट करते हो, तो यह सबसे अच्छी बात है। लेकिन याद रखना, ज़िन्दगी में जो भी हासिल करना है, वह खुद की मेहनत से करना होगा।"

नूर अपने पिता की बातों से बहुत खुश हुई। उसने अयान से कहा, "अब हमें बस मेहनत करनी है और अपने रास्ते खुद तय करने हैं।" अयान मुस्कुराया। अब उसे अपनी राह दिखने लगी थी। लेकिन क्या यह सफर इतना आसान होगा? क्या कोई और चुनौती उनका इंतजार कर रही थी?

* * * * *

प्रमोद कुमार और पत्र

अयान की ज़िन्दगी धीरे-धीरे एक नई दिशा में बढ़ रही थी। नूर के पिता के शब्द उसके दिल में घर कर गए थे–उसे अपनी सफलता खुद हासिल करनी होगी। उसने तय कर लिया था कि अब वह अपने करियर पर ध्यान देगा और अपने भविष्य को अपने दम पर संवारेगा। लेकिन नियति को कुछ और ही मंज़ूर था।

एक दिन अयान को एक अनजान नंबर से फोन आया। दूसरी तरफ से एक बुज़ुर्ग की आवाज़ आई, **"बेटा, तुम्हारे पिता के बारे में कुछ ज़रूरी बात करनी है। अगर जानना चाहते हो, तो कल शाम को मेरे बताए हुए पते पर आ जाओ।"**

अयान को समझ नहीं आया कि यह कौन हो सकता है। उसके पिता तो उसके साथ ही रहते थे। यह सोचते हुए भी उसके मन में उत्सुकता जाग उठी। क्या कोई ऐसा सच था जो उसे आज तक नहीं पता था? अगली शाम वह बताई गई जगह पर पहुँचा। वहाँ एक बुज़ुर्ग व्यक्ति उसका इंतज़ार कर रहे थे। उन्होंने उसे एक पुराना पत्र और कुछ कागजात दिए। **"यह तुम्हारे पिता का लिखा हुआ है,"** उन्होंने कहा। अयान ने काँपते हाथों से वह पत्र खोला। जैसे-जैसे उसने पढ़ना शुरू किया, उसके पैरों तले ज़मीन खिसक गई। पत्र में लिखा

था कि उसका असली नाम कुछ और था, और वह परिवार जिसके साथ वह पला-बढ़ा था, असल में उसका नहीं था। उसके असली माता-पिता का एक हादसे में निधन हो गया था और उसे गोद लिया गया था।

अयान की आँखों में अविश्वास था। उसका दिल तेज़ी से धड़क रहा था। उसे लगा जैसे ज़मीन उसके पैरों तले खिसक रही हो। **"यह सच नहीं हो सकता,"** अयान ने गुस्से से कहा, उसकी आवाज़ काँप रही थी। **"मेरे माता-पिता... वे आज भी जिंदा हैं, और मेरे साथ हैं! तुम झूठ बोल रहे हो!"**

उसका मन इस हकीकत को स्वीकार करने को तैयार नहीं था। उसके लिए उसके माता-पिता वे थे जिन्होंने उसे बचपन से पाला-पोसा, उसे हर सुख-दुख में संभाला। फिर यह अजनबी बुज़ुर्ग अचानक आकर यह कैसे कह सकता था कि वह किसी और का बेटा है?

बुज़ुर्ग व्यक्ति, जिसकी आँखों में पछतावे की गहराई थी, शांति से उसकी ओर देख रहा था। वह कोई और नहीं बल्कि **प्रमोद कुमार** थे–अयान के असली दादा।

"बेटा, मैं जानता हूँ कि यह स्वीकार करना आसान नहीं है," प्रमोद कुमार ने गहरी सांस लेते हुए कहा। **"लेकिन यह सच है। तुम्हारे जन्म के कुछ ही दिनों बाद, तुम्हारे माता-पिता एक दुर्घटना में मारे गए थे। मैं गुस्से में था, टूटा हुआ था। मुझे लगा कि उनकी मौत का कारण तुम हो... और मैंने गुस्से में आकर तुम्हें पेट्रोल पंप के किनारे छोड़ दिया।"**

अयान का मन सुन्न पड़ गया।

"और वह कोई साधारण पेट्रोल पंप नहीं था," प्रमोद कुमार ने आगे कहा, **"यही वह पेट्रोल पंप था जहाँ तुम्हारे अब के पापा काम करते थे। वे तुम्हारे लिए किसी देवदूत से कम नहीं थे–उन्होंने तुम्हें अपनाया, एक बेटे की तरह पाला, तुम्हें नया जीवन दिया, और अपना नाम देकर पहचान दी। मगर अब समय आ गया है कि तुम अपनी असली पहचान जानो।"**

अयान का सिर घूमने लगा। इतने सालों से जिसे वह अपनी सच्चाई मानता आया था, वह झूठ निकला? वह एक अनाथ था? उसे त्याग दिया गया था? उसके अंदर एक तूफान उठ खड़ा हुआ था। **"नहीं! तुम झूठ बोल रहे हो!"** अयान ने एक कदम पीछे लेते हुए कहा। **"अगर यह सच होता, तो तुम इतने सालों तक कहाँ थे? अब क्यों आए हो?"**

प्रमोद कुमार की आँखों में दर्द था। **"क्योंकि मैंने गलती की थी, बेटा,"** उन्होंने धीरे से कहा। **"और अब मैं उसे सुधारना चाहता हूँ। तुम्हें अपनी असली विरासत, अपने असली माता-पिता की संपत्ति और जिम्मेदारियाँ संभालनी हैं। यह सब तुम्हारा हक है। क्यूंकि मेरे पास ज्याद समय नहीं बचा हैं। "**

अयान की मुट्ठियाँ भिंच गईं। वह किसे अपना कहे? वह किसे अपना समझे? क्या वह उस व्यक्ति को माफ कर सकता था जिसने उसे उसके नन्हे हाथों में छोड़ दिया था, एक अजनबियों की दुनिया में? या फिर वह उन्हीं माता-पिता

के साथ खड़ा रहेगा, जिन्होंने उसे अपनी जान से बढ़कर प्यार दिया?

कमरे में सन्नाटा था, लेकिन अयान के दिल में हज़ारों सवालों की चीखें गूँज रही थीं। अयान का दिमाग सुन्न हो गया। क्या यह सब सच था? क्या उसकी पूरी ज़िंदगी एक झूठ थी? उसे समझ नहीं आ रहा था कि वह क्या करे।

वह सीधे नूर के पास पहुँचा और सारी बातें बता दीं। नूर को भी यह सब सुनकर धक्का लगा। **"अयान, इसका मतलब है कि तुम जो समझते थे, वह सच नहीं था?"**

अयान ने गहरी सांस ली। **"हाँ, और मुझे नहीं पता कि अब मैं क्या करूँ। मुझे अपनी ज़िन्दगी फिर से समझनी होगी।"**

नूर ने उसका हाथ थाम लिया। **"अयान, इससे तुम्हारी पहचान नहीं बदलती। तुम वही इंसान हो, जिसे मैं जानती और प्यार करती हूँ। यह सच तुम्हें हिला सकता है, लेकिन तुम्हारी मेहनत और सपने अब भी तुम्हारे अपने हैं।"**

अयान की आँखों में नमी थी। **"लेकिन नूर, मेरे अंदर डर है कि कहीं यह सच हमारे रिश्ते को भी न बदल दे।"**

नूर ने मुस्कुराते हुए कहा, **"हमारा रिश्ता किसी पहचान पर निर्भर नहीं करता, अयान। यह हमारे भरोसे पर टिका है।"**

अयान के सामने अब एक नया संघर्ष था। क्या वह अपनी असली पहचान को अपनाएगा? क्या वह उस संपत्ति

और विरासत को स्वीकार करेगा, या अपनी मेहनत से अपना नाम बनाएगा?

इस सच्चाई का असर नूर और उसके रिश्ते पर भी पड़ने वाला था। नूर के पिता ने भी यह खबर सुनी और उन्होंने नूर से पूछा, **"अब तुम क्या सोचती हो? अयान की ज़िंदगी अब पहले जैसी नहीं रहेगी। क्या तुम उसके साथ खड़ी रहोगी?"**

नूर ने बिना एक पल की देरी किए कहा, **"मैं अयान से प्यार करती हूँ, उसकी पहचान से नहीं। वह जो भी फैसला करेगा, मैं उसके साथ हूँ।"**

अयान अभी भी उलझन में था, लेकिन अब उसे एहसास हो गया था कि उसकी असली ताकत उसकी मेहनत और नूर का विश्वास था। लेकिन क्या वह इस नए सच को स्वीकार कर पाएगा? क्या यह उसके और नूर के रिश्ते को और मजबूत करेगा या उन्हें अलग कर देगा?

* * * * *

वो जो मेरा था ही नहीं

अयान पिछले कुछ दिनों से अंदर ही अंदर एक अजीब सी बेचैनी महसूस कर रहा था। उसके दिल और दिमाग दोनों में एक तूफान मचा हुआ था। जबसे उसे यह पता चला था कि जिन माँ-बाप को वह इतने प्यार से अपना सब कुछ मान कर जीता आया है, दरअसल वह उसके सच्चे माँ-बाप नहीं हैं, तब से उसका जीवन एक अजीब सी उलझन में पड़ गया था। यह सच सुनने के बाद उसे हर चीज़ झूठी लग रही थी। जो रिश्ता अब तक उसके जीने की वजह था, वही रिश्ता एक बड़ा सवाल बन गया था।

हर रोज़ जब भी वह अपनी माँ से आँखों में दर्द लेकर कुछ पूछना चाहता, तब उसका दिल नहीं मानता। उसने अपनी माँ से, पापा से कई बार इस बात को पूछने की कोशिश की पर वो चाहा कर भी यह बात नहीं कर पाया। कैसे करता जिस माँ से उसे इतना प्यार मिला, साथ मिला, उसके हर सुख दुख में जो हमेशा साथ रही उनसे कैसे बोले की वो उसकी माँ नहीं हैं? लेकिन आज, उसने ठान लिया था कि वह सच जानकर रहेगा।

उस शाम जब घर में सिर्फ उसके माँ-बाप ही थे, अरुण अपनी पत्नि सुधा को लेकर उसके घर गया हुआ था, तो

अयान ने हिम्मत जुटाकर उनके सामने बैठ गया। उसका चेहरा एक अजीब सी उदासी से भरा था। उसके माँ-बाप उसकी यह हालत देखकर पहले ही समझ गए थे कि वह कुछ कहने वाला है।

"बताइए माँ, क्या मैं आपका अपना बेटा नहीं हूँ?"

यह सुनते ही एकदम सन्नाटा छा गया। उसकी माँ की आँखों में आँसू आ गए और वह फूट-फूट कर रोने लगीं। पिता जी ने भी आँखों से आँसू पोंछते हुए कहा, **"बेटा, हमें माफ कर दो... हम तुम्हें कभी यह दुःख नहीं देना चाहते थे..."**

अयान का दिल एक पल के लिए रुक सा गया। माँ अब उसके पास आईं और उसके सिर पर हाथ रखते हुए बोलीं, **"तुम्हारे पापा को तुम जब एक साल के थे तब उनके पेट्रोल पम्प के बाहर मिले थे, और तुम्हारी हालत कुछ ठीक नहीं लग रही थी, तब हमने तुम्हें तब गोद लिया था तुम्हारी असली माता - पिता कौन थे हमे कभी पता ही नहीं चला। हमने तुम्हें अपनाया था, सिर्फ एक बेटा नहीं बल्कि अपनी जान समझ कर।"**

अयान चुपचाप माँ की बातें सुन रहा था। उसके दिल में एक अजीब सी कसक थी। वह रो नहीं रहा था, पर उसके अंदर सब बिखर रहा था।

"बेटा, हम जानते हैं यह सच सुनना आसान नहीं है," उसके पिता जी ने कहा, **"लेकिन एक बात याद रखना, रिश्ते**

सिर्फ खून से नहीं, प्यार से बनते हैं... और हमने तुम्हें अपने खून से भी बढ़कर प्यार दिया है।"

अयान की माँ ने उसके हाथ थामे और फूट-फूटकर रो पड़ीं। उनकी आँखों में दर्द और ममता का समंदर उमड़ आया था। काँपती आवाज़ में उन्होंने कहा, **"बेटा, जब तुम छोटे थे, मैंने तुम्हें अपनी गोद में सुलाया, अपने सीने से लगाकर दूध पिलाया। तुम्हारी हर खुशी के लिए हमने अपनी हर खुशी कुर्बान कर दी। अगर इसके बावजूद तुम्हें लगता है कि हमने तुमसे कोई छल किया है, कोई अन्याय किया है, तो मैं और तुम्हारे पापा तुमसे क्षमा माँगते हैं। पर तुम ही बताओ, क्या कभी तुम्हें हमारे प्यार में कोई कमी महसूस हुई?"**

अयान की आँखों के कोने भी भीग चुके थे। उसकी उँगलियाँ माँ की हथेलियों को और कसकर पकड़ने लगीं। उसने गहरी साँस ली और रुंधे गले से बोला, **"नहीं माँ... कभी नहीं। आपने मुझे इस दुनिया मे सबसे ज्यादा प्यार दिया है। आप दोनों ने मुझे वह सब दिया जो शायद किसी और को नसीब न हो।"**

कुछ क्षणों तक कमरे में बस सिसकियों की आवाज़ें गूंजती रहीं। फिर अयान ने एक अडिग निश्चय के साथ अपने माता-पिता को कसकर गले लगा लिया और भरी हुई आवाज़ में कहा, **"अगर इस दुनिया में मेरे लिए कोई माँ-बाप हैं, तो वे सिर्फ आप लोग ही हो–और हमेशा रहेंगे!"**

माँ ने उसके सिर पर काँपते हाथ फेरते हुए उसे अपने और करीब खींच लिया। पिता की आँखें भी छलक पड़ीं। उस पल, उनके बीच किसी भी सवाल या संदेह के लिए कोई जगह नहीं थी–बस एक परिवार था, जो प्रेम के धागे से और भी मज़बूती से बंध गया था। माँ और पिता जी ने उसे गले लगा लिया। वह पल जैसे एक नया रिश्ता जोड़ रहा था। अयान को अब कोई शक नहीं था। यह घर उसका था, यह माँ-बाप उसके थे।

अयान की माँ ने अयान से पूछा, **"तुम्हें यह कैसे पता चली?"**

अयान ने फिर प्रमोद कुमार जो की उसके असली दादा थे उसके बारे में और उसके असली माता - पिता के साथ क्या हुआ था जब वो छोटा था, कैसे वो उस पेट्रोल पम्प तक पहुचा था सारी बात बताई। साथ की साथ यह भी बताया की उसके असली माता - पिता उसके लिए कितनों की संपत्ति छोड़ गए हैं।

लेकिन एक और फैसला लेना बाकी था।

अगले दिन उसने प्रमोद कुमार को घर बुलाया, जो उसकी असली माँ की छोड़ी हुई संपत्ति के ज़िम्मेदार थे। उन्होंने अयान के नाम एक बड़ी जायदाद लिखने की बात कही थी, जो उसके जन्म के साथ ही तय हो चुकी थी। साथ ही साथ उसने नूर को भी घर बुलाया वो चाहता था की उसके इस फैसले पर नूर भी उसके साथ हो।

शाम के धुँधलके में जब प्रमोद कुमार घर पहुँचे, तो उनके चेहरे पर एक अजीब-सी झिझक थी। वह अयान के माता-पिता के सामने बैठे, कुछ पल चुप रहे, और फिर भारी आवाज़ में बोले, **"मैं जानता हूँ, जो भी हुआ, वह गलत था। अयान, मैंने तुम्हारे साथ बचपन में जो किया, उसके लिए खुद को कभी माफ़ नहीं कर पाया। मैं तुमसे दिल से माफ़ी माँगता हूँ।"**

कमरे में सन्नाटा पसर गया। अयान ने गहरी नज़र से प्रमोद कुमार की तरफ देखा। वह आदमी जिसने कभी उसे अपनाने से इनकार कर दिया था, आज नज़रे झुकाए बैठा था। लेकिन अयान के दिल में अब नफरत की कोई जगह नहीं थी। उसने एक ठंडी साँस छोड़ी और बिना किसी झिझक कहा, **"मुझे इस जायदाद की कोई चाह नहीं।"**

प्रमोद कुमार चौंक गए। उनकी आँखों में हैरानी झलकने लगी। **"लेकिन बेटा, यह तो तुम्हारी माँ का दिया हुआ है। यह तुम्हारा हक़ है!"** उन्होंने आश्चर्य से कहा।

अयान हल्के से मुस्कुराया और अडिग आवाज़ में बोला, **"जो मेरा था ही नहीं, उसे मैं कैसे अपना लूँ? मेरा हक़ सिर्फ उस पर है जो मेरे साथ खड़े हैं–मेरी माँ और मेरे पिता जी। मुझे दौलत नहीं चाहिए, मुझे सिर्फ अपने माँ-बाप का साथ चाहिए, और वह मुझे मिल चुका है।"**

उसकी बात सुनकर अयान की माँ और पिता की आँखों में खुशी के आँसू छलक आए। उनका सीना गर्व से चौड़ा हो

गया। उन्हें ऐसा लगा जैसे उनकी सारी तपस्या सफल हो गई हो।

प्रमोद कुमार कुछ पल तक चुपचाप बैठे रहे। उनके होंठों पर हल्की मुस्कान आई, और उन्होंने गहरी सांस भरते हुए कहा, **"तुम सच में बड़े दिलवाले हो, बेटा। तुम्हारी माँ भी तुमसे यही उम्मीद करती।"** उनकी आवाज़ में अब न कोई दुविधा थी, न कोई पश्चाताप—बस एक शांत स्वीकृति थी। कमरे में भावनाओं की लहरें अब भी हिलोरें मार रही थीं, लेकिन अब कोई बोझ नहीं था। बस एक नयी शुरुआत थी–प्यार और अपनापन से भरी हुई।

नूर को भी अहसास था की अयान कुछ ऐसा ही करेगा। अयान ने माँ-बाप के पास जाकर उनका हाथ पकड़ लिया। आज उसका दिल पहली बार हल्का लग रहा था। वह समझ गया था कि रिश्तों का मतलब सिर्फ खून नहीं, बल्कि एक-दूसरे का साथ है। आज उसका घर वैसे का वैसा ही था, लेकिन अब वह और भी ज़्यादा अपना लग रहा था और नूर का साथ उसके खुशी में चार चाँद लगा रहा था।

उसने एक बार फिर माँ के हाथ चूमे और अपने पिता जी से कहा, **"अगर आप दोनों मेरे साथ हैं, तो मुझे दुनिया में और कुछ नहीं चाहिए।"** और फिर पहली बार, अयान को लगा कि उसका जीवन सच में उसका अपना है।

* * * * *

ख़ुद पर विश्वास

अयान के साथ बीते कुछ दिनों में इतना कुछ हो चुका था, पर फिर भी अयान ने हिम्मत नहीं हारी थी, क्योंकि हर मोड़ पर नूर उसके हाथों को थामे उसके साथ थी, और यही वजह थी अयान के खुश होने की। अब अयान के सामने सबसे बड़ी और शायद जीवन की आखिरी सबसे बड़ी समस्या थी, और वो थी कि उसे अपने पैरों पर खड़ा होना हैं। हर दिन की तरह आज भी वह अपने सपनों की ओर एक नया कदम बढ़ा रहा था। चुनौतियाँ कम नहीं थीं, मगर नूर की मुस्कान और उसकी हौसला देने वाली बातें उसे हर कठिनाई से लड़ने की ताकत देती थीं। जब भी अयान थकने लगता, नूर उसे याद दिलाती–**"तुम्हारी मेहनत बेकार नहीं जाएगी, बस एक और कोशिश करो।"**

अयान जानता था कि यह रास्ता आसान नहीं होगा, मगर अब वह किसी भी कीमत पर रुकना नहीं चाहता था। उसकी आँखों में सपने थे, दिल में उम्मीद थी, और हाथों में नूर का साथ, हर पल साथ में उसकी माँ का आशीर्वाद।

अयान को अपने पैरों पर खड़ा होने के लिए कोई नौकरी या अपना कोई बिजनेस करना होगा, जिससे वह अपनी माँ का सपना पूरा कर सके और साथ ही नूर के पापा, विक्रांत

चौहान की नज़रों में खुद को साबित कर सके। यह सोचते ही उसके मन में कई सवाल उठने लगे–क्या वह इस काबिल है कि अपनी मेहनत से एक नई पहचान बना सके? क्या उसका जुनून और नूर का साथ उसके सपनों को हकीकत में बदलने के लिए काफी होगा?

वह जानता था कि विक्रांत चौहान सिर्फ एक सख़्त पिता ही नहीं, बल्कि एक सफल बिजनेसमैन भी थे, जिनकी नजरों में सम्मान कमाना आसान नहीं था। अगर उसे नूर का हाथ थामना था, तो पहले अपनी काबिलियत साबित करनी होगी। लेकिन यह सिर्फ नूर के लिए नहीं था–यह उसके खुद के आत्मसम्मान की भी बात थी। हर दिन, हर पल, वह अपनी मंज़िल की ओर बढ़ने के नए रास्ते खोजने लगा। उसे मालूम था कि रास्ता मुश्किल होगा, मगर अब उसे न हार माननी थी और न ही पीछे हटना था। उसका सफर शुरू हो चुका था।

अयान एक नए मोड़ पर खड़ा था। कॉलेज खत्म हो चुका था, और अब जिंदगी की असली दुनिया उसके सामने थी। उसके दोस्तों ने अलग-अलग क्षेत्र चुन लिए थे - कोई अपने परिवार के व्यवसाय में शामिल हो गया था, तो कोई किसी बहुराष्ट्रीय कंपनी में सेट हो चुका था। अश्वनी को भी एक बड़ी कंपनी में नौकरी मिल गयी थी और वो दूसरे शहर में नौकरी के लिए चला गया था। महीने में जब भी उसे अपने काम से छुट्टी मिलती तो वो अपने शहर अपने घर को आता और जब भी आता तो अयान से जरूर मिलता। पर अयान के पास ऐसा कोई विकल्प अभी तक नही मिला था। उसके

घर की आर्थिक स्थिति भी कुछ खास अच्छी नहीं थी की वो कोई अपना ख़ुद का बिजनेस डाल सके। इसलिए उसके ऊपर ज़िम्मेदारी थी कि वह जल्दी से जल्दी एक अच्छी नौकरी ढूंढ ले।

अयान ने छोटे-छोटे बहुत से काम किए, जैसे कभी अपने पापा के साथ उनके पेट्रोल पंप में काम करना, तो कभी अपने बड़े भाई अरुण के साथ उनकी फ्रूट शॉप में हाथ बंटाना। ऐसे छोटे-मोटे काम करके अयान खुश नहीं था, लेकिन उसके पास अभी और कोई रास्ता भी नहीं था। वह जानता था कि यह सब बस एक अस्थायी पड़ाव है, लेकिन उसका असली मकसद कुछ और था–कुछ ऐसा, जो सिर्फ एक नौकरी या छोटा-मोटा काम नहीं, बल्कि उसकी ख़ुद की पहचान बन सके।

इसी बीच, एक दिन अयान और नूर अपने उसी कैफ़े में मिले, जहां वे हमेशा मिला करते थे। शाम का वक्त था, कैफ़े में हल्की-हल्की डूबते सूरज की रोशनी खिड़की के रास्ते अयान के चेहरे पर पड़ रही थी। हवा में कॉफी और हल्की बारिश की मिली-जुली खुशबू तैर रही थी, जो इस मुलाकात को और खास बना रही थी। अयान कैफ़े में पहले से ही आ चुका था और उसी टेबल पर बैठा था, जहां दोनों हमेशा बैठा करते थे।

वह खिड़की से बाहर देखते हुए खोया हुआ था–शायद अपनी ज़िंदगी की उलझनों में, शायद आने वाले कल की सोच में। तभी दरवाजे की घंटी बजी जो कैफ़ के अंदर आने

के दरवाजे पर थी, और उसकी नज़रें खुद-ब-खुद दरवाजे की ओर उठ गईं। नूर हल्के गुलाबी दुपट्टे में हमेशा की तरह खुबसूरत लग रही थी। उसकी मुस्कान में वही सुकून था, जो अयान को हर मुश्किल में हिम्मत देता था। वह उसकी ओर बढ़ी, और अयान के ठीक बगल में आ कर बैठ गई।

"आज बहुत गुमसुम लग रहे हो," नूर ने हल्की मुस्कान के साथ कहा।

अयान ने एक गहरी सांस ली और उसके चेहरे को गौर से देखा। **"बस... कुछ सोच रहा था,"** उसने धीरे से जवाब दिया। **"तो सोचने के साथ-साथ मुझसे भी बांटो न,"** नूर ने उसका हाथ हल्के से पकड़ते हुए कहा।

अयान जानता था कि अगर कोई था जो उसे सच में समझता था, तो वह नूर थी। और शायद, आज वह अपने दिल की सारी उलझनें उसके सामने खोलने वाला था।

"कब तक मैं ऐसे छोटे-मोटे काम करता रहूँगा?" अयान ने कहते-कहते अपना चेहरा खिड़की की तरफ कर लिया। उसकी आँखें बाहर डूबते सूरज को देख रही थीं, लेकिन मन कहीं और भटक रहा था—एक ऐसी जगह, जहां बस सवाल ही सवाल थे और जवाब कहीं नहीं थे।

नूर ने हल्की मुस्कान के साथ अपना हाथ उसके बालों में रखा और धीरे से बोली, **"मेरी तरफ देखो, अयान।"**

अयान ने हल्के से सिर घुमाया, उसकी आँखों में उलझन थी।

"इस कैफ़े में चारों तरफ देखो," नूर ने उसकी आँखों में झाँकते हुए कहा। "क्या इस कैफ़े में जो ये सारे वेटर हैं, इनका काम छोटा है? अगर ये न हों तो हमें अपनी पसंदीदा कॉफी कैसे मिलेगी? इनकी छोड़ो, बाहर जो बाजार है, वहाँ जो सब्ज़ी बेच रहे हैं–अगर ये लोग ऐसा न करें, तो तुम अपनी माँ के हाथों के पसंदीदा आलू के पराठे कैसे खाओगे?"

अयान चुपचाप उसकी बातें सुन रहा था। नूर की आवाज़ में वो ठहराव था, जो किसी को भी सोचने पर मजबूर कर दे।

"काम छोटा या बड़ा नहीं होता, अयान," नूर ने उसकी उंगलियों को हल्के से थामते हुए कहा। "जो भी हम कर रहे हैं, अगर वो हमें आगे बढ़ने में मदद कर रहा है, तो वो काम अहम है। तुम्हें खुद को साबित करने की ज़रूरत सिर्फ दूसरों के लिए नहीं, बल्कि अपने लिए भी है।"

अयान ने गहरी सांस ली। नूर की बातें हमेशा उसे एक नया नज़रिया देती थीं, और आज भी उसने उसकी सोच को एक अलग दिशा दी थी। शायद, जो वो कर रहा था, वो सिर्फ एक शुरुआत थी–उसकी मंज़िल की ओर पहला कदम।

अगले ही दिन से अयान अपना रिज्यूमे लेकर निकल पड़ता। कभी किसी ऑफिस के बाहर लंबी लाइन में लगता, तो कभी किसी नौकरी साक्षात्कार के लिए अपॉइंटमेंट तय करता। लेकिन हर जगह एक ही जवाब सुनने को मिलता -

"अनुभव है?" और जब अयान **"नहीं"** कहता, तो उनका तुरंत जवाब आता - **"सॉरी, हमें अनुभवी उम्मीदवार चाहिए।"**

अयान हमेशा से एक काबिल स्टूडेंट रहा था, फिर वो स्कूल हो या उसका कॉलेज। पढ़ाई में उसकी मेहनत और लगन की हर कोई सराहना करता था। लेकिन कॉलेज पूरा होने के बाद, उसकी जिंदगी में ऐसा तूफान आया कि उसकी काबिलियत मानो कहीं खो सी गई। नौकरी की तलाश में भटकते हुए महीनों बीत गए, और हर गुज़रते दिन के साथ उसकी हिम्मत जवाब देने लगी थी।

एक शाम, जब वह अपने कमरे में बैठा अनमने मन से फोन स्क्रॉल कर रहा था, उसकी नज़र एक जॉब ग्रुप के नोटिफिकेशन पर पड़ी। "पाम टेक नाम की एक प्रतिष्ठित कंपनी जूनियर सॉफ्टवेयर टेस्टर के पद के लिए भर्ती कर रही है, सैलरी 30,000 प्रति माह।" यह पढ़कर अयान का मन एक बार फिर उम्मीद से भर गया। यह मौका उसके लिए किसी संजीवनी से कम नहीं था।

उसने बिना समय गँवाए कंपनी के बारे में और जानकारी जुटाई। पाम टेक एक बड़ी और मशहूर आईटी कंपनी थी पाम टेक के ही सॉफ्टवेर के बारे में अयान अपने कॉलेज के दिनों में ही जनता था, जहाँ काम करने का सपना कई लोगों का था। अयान ने तुरंत अपनी सीवी अपडेट की और आवेदन भेज दिया। आवेदन भेजने के बाद भी उसका मन बेचैन था–क्या उसे यह नौकरी मिलेगी? क्या वह अपनी पुरानी काबिलियत वापस पा सकेगा?

रातभर वह करवटें बदलता रहा, भविष्य की अनिश्चितता उसके मन में हलचल मचा रही थी। लेकिन इस बार, उसने खुद से वादा किया–जो भी होगा, वह पीछे नहीं हटेगा। अब उसकी जिंदगी एक नए मोड़ पर थी, और उसे यह मौका किसी भी हाल में गंवाना नहीं था।

तीन दिनों के बाद, अयान के फोन में पाम टेक की तरफ से एक ईमेल आई। उसका दिल तेज़ी से धड़कने लगा। क्या यह सिर्फ़ एक औपचारिक जवाब था या फिर... वह सांस रोककर ईमेल खोलने लगा।

उसी वक्त, वह नूर के साथ बैठा था। अयान उसे बता रहा था कि जब वे दोनों कॉलेज में थे, तब वह पाम टेक के बारे में कितनी बातें किया करता था।

"याद है, नूर?" अयान ने हल्की हंसी के साथ **कहा। "मैं हमेशा कहता था कि अगर मुझे किसी कंपनी में काम करना है, तो वो पाम टेक ही होगी। उनके प्रोजेक्ट्स, उनकी टेक्नोलॉजी, उनका वर्क कल्चर–सब कुछ मुझे इतना पसंद था कि मैं घंटों इस बारे में बातें करता रहता था।"**

नूर मुस्कुराई। **"हाँ, याद है। और ये भी याद है कि मैं तुम्हारी बातें सुन-सुनकर तंग आ चुकी थी,"** वह हँसी, **"लेकिन देखो, आज तुम्हें उसी पाम टेक से मेल आई है।"**

अयान की आँखों में उम्मीद की एक नई रोशनी थी। उसके हाथ अब भी काँप रहे थे, लेकिन उसने धीरे-धीरे मेल

खोल ली। उसकी नज़रें स्क्रीन पर दौड़ने लगीं और अचानक उसके चेहरे के भाव बदल गए।

"क्या लिखा है?" नूर ने उत्सुकता से पूछा।

अयान ने एक लंबी साँस ली। उसकी आँखों में हैरानी और खुशी का मिला-जुला भाव था। **"उन्होंने मुझे इंटरव्यू के लिए बुलाया है!"** उसने लगभग चिल्लाते हुए कहा।

नूर की आँखें चमक उठीं। **"यानी तुम अपने सपने के एक कदम और करीब हो!"**

अयान के होंठों पर हल्की मुस्कान थी, लेकिन मन में कई सवाल उठ रहे थे। क्या वह इस इंटरव्यू में सफल हो पाएगा? क्या वह फिर से खुद को साबित कर सकेगा? लेकिन एक बात पक्की थी—यह मौका उसके लिए सिर्फ़ एक जॉब इंटरव्यू नहीं था, बल्कि उसकी जिंदगी को एक नई दिशा देने वाला कदम था।

सुबह की पहली किरण जैसे ही अयान के चेहरे पर पड़ी, उसकी आँखें उम्मीद और जोश से चमक उठीं। आज का दिन उसके लिए बेहद खास था—आज वह पाम टेक नाम की उस कंपनी में इंटरव्यू देने जा रहा था, जिसका सपना उसने न जाने कब से देखा था। अयान ने जल्दी से तैयार होकर खुद को आईने में देखा। हल्की सी मुस्कान उसके चेहरे पर थी, लेकिन दिल में हल्की घबराहट भी थी। उसने अपने आप से कहा, **"तू मेहनत करके यहाँ तक पहुँचा है, अब बस अपना बेस्ट देना है!"** यह कहते ही

उसने अपनी फाइल उठाई, लेकिन बाहर निकलने से पहले माँ के पास गया। माँ रसोई में थी, लेकिन जैसे ही उन्होंने अयान को तैयार देखा, उनके चेहरे पर गर्व और ममता की मुस्कान आ गई।

"बस, अब तेरा सपना पूरा होने वाला है बेटा!" माँ ने उसके माथे पर हाथ रखा और प्यार से आशीर्वाद दिया।

अयान ने माँ के पैर छुए और मुस्कुराते हुए कहा, **"आपका आशीर्वाद हमेशा मेरे साथ है माँ। आज मैं अपना बेस्ट दूँगा!"**

माँ की आँखों में गर्व झलक रहा था। अयान ने खुद को और मजबूत महसूस किया और आत्मविश्वास से भरा घर से निकल। सुबह की हल्की धूप शहर की सड़कों पर सुनहरी चादर बिछा रही थी। अयान का दिल धड़क रहा था, लेकिन आज वह घबराहट से ज्यादा उम्मीद से भरा हुआ था। उसके जीवन का यह एक महत्वपूर्ण दिन था, और नूर को यह अच्छे से पता था। इसलिए, वह अयान को अकेला नहीं छोड़ सकती थी। नूर ने न सिर्फ उसे पाम टेक के ऑफिस तक छोड़ा, बल्कि उसके साथ हर उस एहसास को बांटा, जो उसे इस खास दिन को लेकर हो रहा था। वह जानती थी कि अयान के लिए यह सिर्फ एक इंटरव्यू नहीं, बल्कि उसके खोए हुए आत्मविश्वास को वापस पाने की लड़ाई थी। नूर अपने घर से दही और चीनी लेकर आई थी। जैसे ही अयान ऑफिस के अंदर जाने लगा, नूर ने उसका हाथ पकड़ लिया।

"**रुको,**" नूर ने प्यार से कहा। अयान ने सवालिया नजरों से उसे देखा। "**पहले इसे तो खा लो, मैं अपने घर से लाई हूँ तुम्हारे लिए।**"

अयान मुस्कुराया। वह जानता था कि नूर छोटी-छोटी चीजों में भी कितना प्यार भर देती थी। उसने बिना कोई सवाल किए दही का चम्मच मुंह में रख लिया। नूर जानती थी कि अयान को मीठा ज्यादा पसंद नहीं, इसलिए उसने चीनी कम डाली थी। लेकिन इस वक्त, स्वाद से ज्यादा मायने उस पल का था, जो दोनों के बीच था।

अयान के खाने के बाद, नूर ने दही का डिब्बा पास की बेंच पर रखा और अचानक उसे अपने गले से लगा लिया।

"**मुझे तुम पर, अपने प्यार पर और ऊपर वाले पर पूरा भरोसा है। आज तुम्हें यह जॉब पाने से कोई नहीं रोक सकता,**" उसने धीमी लेकिन ठहरी हुई आवाज़ में कहा। अयान की आँखें नम हो गईं। नूर की बातों में इतना विश्वास था कि उसकी सारी घबराहट दूर होने लगी। नूर ने धीरे से अयान के गालों को चूमा, उसकी गर्म सांसों की हल्की तपिश अयान के दिल तक उतर गई। उस छोटे से स्पर्श में नूर का प्यार, विश्वास और दुआएँ सब कुछ समाया हुआ था। अयान की आँखों में एक नई चमक आ गई, जैसे सारी उलझनों के बादल छँट गए हों। उसे अब किसी शक की जरूरत नहीं थी, न खुद पर, न अपनी काबिलियत पर—क्योंकि नूर का विश्वास उसके लिए सबसे बड़ी ताकत था। उसी पल, अयान को एहसास हुआ कि

वह पहले ही जीत चुका है, क्योंकि उसकी सबसे बड़ी जीत उसके साथ खड़ी थी।

जब अयान पाम टेक के ऑफिस के अन्दर पहुँचा, तो उसके दिल की धड़कनें तेज़ हो गईं। भव्य इमारत, बड़ी-बड़ी खिड़कियाँ और अंदर जाते ही ऑफिस का प्रोफेशनल माहौल—सबकुछ बिल्कुल वैसा ही था, जैसा उसने अपने सपनों में देखा था। रिसेप्शन पर उसने अपना नाम बताया, और थोड़ी ही देर में उसे एक हॉल में बैठने को कहा गया, जहाँ पहले से ही कई उम्मीदवार बैठे थे। अयान ने चारों तरफ़ देखा। वहाँ बैठे हर व्यक्ति की आँखों में वही उम्मीद थी, जो उसकी आँखों में थी। सभी अपने-अपने नोट्स दोहरा रहे थे, कोई मोबाइल पर कुछ पढ़ रहा था, तो कोई अपने दस्तावेज़ ठीक कर रहा था। अयान ने भी अपनी फाइल खोली और अपने द्वारा सीखे गए टेस्टिंग कॉन्सेप्ट्स दोहराने लगा।

कुछ ही देर में इंटरव्यू प्रक्रिया शुरू हुई। एक-एक करके नाम पुकारे जा रहे थे, और लोग इंटरव्यू देकर बाहर आ रहे थे—कुछ खुश, कुछ निराश। अयान की बारी आते ही उसका दिल तेज़ी से धड़कने लगा, लेकिन उसने खुद को शांत रखा और आत्मविश्वास के साथ अंदर गया।

कमरे में तीन इंटरव्यूअर बैठे थे। अयान ने नम्रता से उन्हें **'गुड मॉर्निंग'** कहा और अपनी सीट पर बैठ गया।

पहला सवाल आया– **"अपने बारे में कुछ बताइए।"**

अयान ने मुस्कुराते हुए अपना परिचय दिया और अपनी पढ़ाई, कौशल और अनुभव के बारे में बताया।

फिर दूसरा सवाल– **"आपने सॉफ्टवेयर टेस्टिंग क्यों चुनी?"**

अयान को इस सवाल का अंदाजा था। उसने आत्मविश्वास के साथ जवाब दिया, **"मैंने हमेशा सोचा कि एक सॉफ्टवेयर की सफलता केवल उसके डेवेलपमेंट पर निर्भर नहीं करती, बल्कि उसकी टेस्टिंग पर भी उतनी ही निर्भर करती है। अगर हम सही तरह से टेस्टिंग करें, तो हम किसी भी एप्लिकेशन को और बेहतर बना सकते हैं। यही सोचकर मैंने सॉफ्टवेयर टेस्टिंग को करियर के रूप में चुना।"**

इसके बाद तकनीकी सवाल शुरू हुए।

"डिफरेंट टाइप्स ऑफ टेस्टिंग कौन-कौन से होते हैं?"

"बग रिपोर्ट कैसे बनाते हैं?"

"Regression Testing और Smoke Testing में क्या अंतर है?"

अयान ने इन सभी सवालों के जवाब आत्मविश्वास से दिए। जब तक वह टेक्निकल राउंड खत्म करता, तब तक इंटरव्यूअर उसके ज्ञान और आत्मविश्वास से काफी प्रभावित दिख रहे थे। टेक्निकल राउंड के बाद एचआर इंटरव्यू हुआ, जहाँ उससे उसके वर्क एथिक्स, टीम वर्क और कंपनी को लेकर उसकी अपेक्षाओं के बारे में पूछा गया।

अंत में, इंटरव्यू खत्म हुआ और उसे बताया गया कि उसे ईमेल के ज़रिए रिजल्ट की जानकारी दी जाएगी। अयान ने सभी को धन्यवाद दिया और बाहर आ गया। बाहर आते ही उसने एक गहरी साँस ली और खुद से कहा, **"जो होना होगा, वो होगा। मैंने अपना बेस्ट दिया!"**

अगले दिन, जब अयान अपने मोबाइल पर मेल चेक कर रहा था, तभी एक नोटिफिकेशन आया– **Palm Tech: Interview Result।** उसका दिल जोर से धड़कने लगा। उसने कांपते हाथों से मेल खोला और पढ़ा–

"Congratulations! You have been selected for the position of Junior Software Tester at Palm Tech."

यह पढ़ते ही अयान की आँखें खुशी से चमक उठीं। उसने खुद को यकीन दिलाने के लिए मेल दोबारा पढ़ा। यह सच था–उसे उसकी ड्रीम कंपनी में नौकरी मिल गई थी! वह खुशी से झूम उठा। तुरंत अपनी माँ के पास गया और चिल्लाया, **"माँ, मुझे नौकरी मिल गई!"** दूसरी तरफ माँ की खुशी भरी आवाज़ सुनाई दी, **"मुझे पता था बेटा, तेरा सपना ज़रूर पूरा होगा!"**

आज, अयान ने अपने सपने की पहली सीढ़ी चढ़ ली थी। अब वह अपने करियर की नई यात्रा शुरू करने के लिए पूरी तरह तैयार था!

* * * * *

टीम अल्फा और टीम बीटा

अयान अब पाम टेक में जॉब करने लगा था। उसकी मेहनत और लगन ने उसे जल्द ही अपने बॉस की नज़रों में एक काबिल और भरोसेमंद कर्मचारी बना दिया और साथ में टीम अल्फा टीम का हैड भी। टीम अल्फा में टोटल पाँच लोग थे बाकी टीमों की तरह अयान को मिला कर और सारे लोग अयान को पसंद करते थे। उसके काम करने के तरीके और नए-नए आइडिया से कंपनी को फायदा होने लगा था। उसके बॉस हर मीटिंग में अयान की तारीफ करते नहीं थकते थे।

लेकिन हर किसी की सफलता दूसरों को रास नहीं आती। कंपनी में दूसरी टीमों ख़ासकर टीम बीटा जिसका टीम हैड रवि को यह बात खटकने लगी कि अयान इतने कम समय में इतना आगे कैसे बढ़ गया। उन्हें लगने लगा कि अगर यही स्थिति रही, तो उनकी पहचान कंपनी में फीकी पड़ जाएगी।

शुक्रवार दिन था। पाम टेक के मुख्य मीटिंग हॉल में भारी तनाव पसरा हुआ था। कॉन्फ्रेंस टेबल के चारों ओर बैठे लोग गंभीरता से फाइलों में झांक रहे थे, लैपटॉप स्क्रीन पर डेटा की गूंज थी, और बीच-बीच में धीमी फुसफुसाहटें माहौल को और रहस्यमयी बना रही थीं। यह कोई आम मीटिंग नहीं थी। पाम टेक के चेयरमैन खुद इस मीटिंग की अध्यक्षता

कर रहे थे, और उनके साथ कंपनी के बोर्ड ऑफ मेंबर्स भी मौजूद थे। हर कोई जानता था कि आज इस कमरे में जो फैसला होगा, वह कंपनी के भविष्य को बदल सकता है। लेकिन असली तनाव का कारण कुछ और था—टीम बीटा की मौजूदगी।

टीम बीटा—वही टीम जिसने पाम टेक के सबसे महत्त्वाकांक्षी एआई प्रोजेक्ट पर दो साल तक काम किया था। वही टीम, जो अयान और उसकी क्षमताओं से सबसे ज़्यादा नफ़रत करती थी। अयान ने अपनी कुर्सी पर बैठते हुए एक नज़र टीम बीटा पर डाली। उनकी आँखों में वही पुरानी जलन और प्रतिस्पर्धा झलक रही थी। वे अयान को एक बाहरी घुसपैठिए की तरह देखते थे—एक ऐसा इंसान जिसने उनकी दुनिया में आकर उन्हें चुनौती देने की हिम्मत की थी। मीटिंग शुरू हुई।

चेयरमैन ने खंखारते हुए अपनी कुर्सी पीछे खिसकाई और बोले, **"आज हम कुछ नए प्रोजेक्ट्स पर चर्चा करेंगे, लेकिन सबसे पहले… सिंथोब्रेन।"**

एक पल में पूरा कमरा अलर्ट हो गया। यह नाम ही काफी था, लोगों के दिलों की धड़कन बढ़ाने के लिए। टीम बीटा के लीड, रवि, ने एक नज़र अयान पर डाली और फिर चेयरमैन की तरफ झुककर बोले, **"सर, हम इस प्रोजेक्ट पर दो साल से काम कर रहे हैं। हमने इसे एक विज़न दिया है। अगर हमें पूरा कंट्रोल दिया जाए, तो हम इसे पहले से भी बेहतर बना सकते हैं।"** अयान जानता था कि रवि क्या

करने की कोशिश कर रहा है। वह चाहता था कि सिंथोब्रेन पूरी तरह टीम बीटा के हाथ में चला जाए–और अयान और उसकी टीम पूरी तरह दरकिनार कर दिए जाएँ। जो **सिंथोब्रेन** को और बेहतर बनने में हेल्प करती थी।

लेकिन अयान चुप बैठने वालों में से नहीं था। उसने धीरे से अपनी फाइल खोली, उसमें से एक ड्राफ्ट निकाला, और टेबल पर रखते हुए कहा, **"शायद, इससे आपको अंदाजा हो जाएगा कि सिंथोब्रेन को बेहतर बनाने का असली रास्ता क्या है।"** कमरे में सन्नाटा छा गया। सबकी नज़रें अब अयान की तरफ थीं। टीम बीटा की आँखों में नाराज़गी और जलन और भी गहरी हो गई थी। वे जानते थे कि अयान को अगर मौका मिला, तो वह कुछ ऐसा कर सकता है जो वे कभी नहीं कर पाए।

लेकिन सवाल यह था–क्या पाम टेक उसे वह मौका देने वाला था? तभी अचानक कंपनी के एक सीनियर मैनेजर मीटिंग रूम में आए और एक बड़ी खबर साझा की–**"हमारी प्रतिद्वंद्वी कंपनी, टेक विज़न, ने अपने नए एआई सॉफ्टवेयर के लॉन्च की घोषणा कर दी है। यह सॉफ्टवेयर हमारी कंपनी के लिए मार्केट में बड़ी चुनौती पेश कर सकता है।"**

इस खबर से पूरी टीम में हलचल मच गई। पाम टेक भी अपने नए एआई प्रोजेक्ट पर काम कर रही थी, लेकिन अभी उसका विकास पूरा नहीं हुआ था। यदि टेक विज़न का सॉफ्टवेयर पहले मार्केट में आ जाता, तो पाम टेक की साख पर असर पड़ सकता था। कंपनी की सारी डेवलपमेंट टीम

अपनी-अपनी राय देने लगे। कोई कह रहा था कि हमें भी जल्द से जल्द अपने सॉफ्टवेयर का ऐलान कर देना चाहिए, तो कोई कह रहा था कि हमें टेक विज़न की स्ट्रेटेजी समझनी चाहिए।

अयान ने चुपचाप सबकी बातें सुनीं और फिर बोला, **"हमें जल्दबाज़ी में कोई कदम नहीं उठाना चाहिए। टेक विज़न ने भले ही अपने सॉफ्टवेयर का ऐलान कर दिया हो, लेकिन हमें यह देखना होगा कि उनका प्रोडक्ट कितना प्रभावशाली है। अगर हम अपने प्रोडक्ट की क्वालिटी और परफॉर्मेंस को बेहतर बनाएंगे, तो मार्केट में हमारी पकड़ मजबूत होगी।"**

अयान की इस बात को उसके बॉस ने गंभीरता से लिया और कहा, **"बिल्कुल सही कहा अयान। हमें अपने प्रोडक्ट पर फोकस करना चाहिए और इसे बेहतर बनाना चाहिए। हमें सिर्फ प्रतिस्पर्धा में बने रहने के लिए नहीं, बल्कि मार्केट में कुछ अनोखा और टिकाऊ देने के लिए काम करना होगा।"** दूसरी टीम के कुछ सदस्य, जो पहले से ही अयान से चिढ़े हुए थे, इस बात से खुश नहीं थे। उन्हें लगा कि अयान अपनी स्मार्टनेस दिखा रहा है और बॉस को इम्प्रेस करने की कोशिश कर रहा है। मीटिंग रूम में माहौल पहले ही तनावपूर्ण था–हर किसी की आँखों में चिंता और होठों पर दबी हुई बेचैनी साफ झलक रही थी। इतने में पाम टेक के चेयरमैन अचानक अपनी कुर्सी से उठे। उनकी भौंहें तन गईं, और चेहरे पर गुस्से की लकीरें गहरी हो गईं।

धड़ाम! टेबल पर उनका हाथ इतनी जोर से पड़ा कि मीटिंग रूम में बैठे सभी लोग सहम गए। कमरे में पिन ड्रॉप साइलेंस छा गया। उनकी आँखों में एक तेज़ चमक थी–आक्रोश और मजबूत इरादे की चिंगारी।

"हमें कुछ भी करके टेक विज़न से पहले अपने एआई सॉफ़्टवेयर को मार्केट में उतारना होगा। कोई बहाना नहीं, कोई देरी नहीं!" उनकी आवाज़ बिजली की तरह गूंजी। **"टीम बीटा, तीन महीने के अंदर हमारा एआई सॉफ़्टवेयर सिंथोब्रेन तैयार करो, वरना अंजाम के लिए तैयार रहो।"**

कमरे में हलचल मच गई। किसी ने घबराकर नोट्स लेने शुरू कर दिए, तो कोई चेयरमैन की उग्रता से खुद को संभालने की कोशिश कर रहा था। अयान ने चुपचाप अपनी मुट्ठी भींची–उसकी आँखों में आत्मविश्वास झलक रहा था। यह सिर्फ एक प्रोजेक्ट नहीं था, यह एक जंग थी, और वह किसी भी हाल में इसे जीतना चाहता था।

चेयरमैन गुस्से में मीटिंग रूम से बाहर निकल गए, दरवाजा इतनी जोर से बंद हुआ कि शीशे तक हल्के से काँप गए। कमरे में मौजूद हर किसी के दिल की धड़कन बढ़ चुकी थी। अब घड़ी की सुईयां उनके खिलाफ दौड़ने वाली थीं। पिछली मीटिंग के धमाकेदार नतीजों के कुछ ही दोनों के बाद पाम टेक के प्रोजेक्ट हेड ने एक और आपातकालीन मीटिंग बुलाई। इस बार मुद्दा था - **टीम बीटा को सपोर्ट करने के लिए किस अन्य टीम की जरूरत पड़ेगी?**

मीटिंग रूम में माहौल गंभीर था। चारों तरफ सफेद बोर्ड पर लिखी रणनीतियाँ, लैपटॉप स्क्रीन पर चमकते डाटा चार्ट्स और टेबल पर फैली ढेर सारी फाइलें बता रही थीं कि यह महज़ कोई आम चर्चा नहीं, बल्कि कंपनी के भविष्य की बुनियाद रखी जा रही थी।

अयान, जो इस प्रोजेक्ट के प्रति शुरू से ही जुनूनी था, अपनी टीम के साथ पूरे आत्मविश्वास के साथ आगे बढ़ा। उसने प्रोजेक्ट हेड के सामने कुछ ड्राफ्ट्स रखे, जो उसने पहले से तैयार कर रखे थे। ये न केवल **सिंथोब्रेन** की स्ट्रक्चर और लॉजिक को समझाते थे, बल्कि यह भी दर्शाते थे कि उसकी टीम ने इस पर कितनी गहरी रिसर्च की थी। प्रोजेक्ट हेड ने ड्राफ्ट को गौर से पढ़ा, पन्ने पलटे, कभी अयान की तरफ देखा, तो कभी स्क्रीन पर नज़र दौड़ाई। कुछ देर तक कमरे में सिर्फ़ फाइलों के सरकने और माउस क्लिक की आवाज़ ही गूंज रही थी। फिर उन्होंने सिर उठाया और हल्की मुस्कान के साथ बोले,

"इम्प्रेसिव! बहुत शानदार वर्क, अयान। तुम्हारी सोच और एप्रोच दोनों ही शानदार हैं।"

अयान और उसकी टीम की आँखों में उम्मीद की किरण चमकी। लेकिन अगले ही पल, प्रोजेक्ट हेड ने एक ठंडी साँस ली और अपना रुख बदलते हुए कहा,

"मगर... तुम लोगों का इस तरह के हाई-लेवल एआई प्रोजेक्ट में अनुभव कम है।"

कमरे में सन्नाटा छा गया। अयान ने एक झटके में अपने हाथ भींच लिए। यह जवाब वह सुनना नहीं चाहता था।

"इसलिए, हम सपोर्ट के लिए टीम अल्फा को नहीं लेंगे।"

टीम के बाकी लोग एक-दूसरे की ओर देखने लगे। किसी के चेहरे पर गुस्सा था, तो किसी की आँखों में निराशा। अयान को यकीन नहीं हो रहा था कि इतनी मेहनत करने के बाद भी उसकी टीम को बाहर कर दिया गया था।

"पर सर, हमने इस प्रोजेक्ट पर दिन-रात मेहनत की है। हमें मौका मिलना चाहिए!" अयान ने विरोध जताते हुए कहा।

प्रोजेक्ट हेड ने उसकी ओर देखा, उनकी आँखों में झलकता अनुभव किसी अनकहे सच की तरह था। उन्होंने धीमी लेकिन सख्त आवाज़ में कहा,

"मुझे पता है, अयान। लेकिन एक बेहतरीन आइडिया ही काफी नहीं होता, उसे अमल में लाने के लिए अनुभव और प्रैक्टिकल अप्रोच भी जरूरी होती है। हम ये रिस्क नहीं ले सकते।"

अयान के पास कहने को बहुत कुछ था, लेकिन वह समझ गया कि यह फ़ैसला बदलना आसान नहीं होगा। उसने एक नजर अपनी टीम पर डाली - कुछ लोग निराश थे, तो कुछ गुस्से में। लेकिन अयान की आँखों में कुछ और था - जुनून।

यह हार नहीं थी। यह सिर्फ़ एक नया मोड़ था। और अयान जानता था कि अगर कोई इस प्रोजेक्ट का हिस्सा बनने के लायक था, तो वो उसकी टीम ही थी। मीटिंग खत्म होने के बाद उनमें से कुछ ने आपस में चर्चा की, **"अगर अयान ऐसे ही हर बार आगे बढ़ता गया, तो हमें कंपनी में कोई नहीं पूछेगा। हमें कुछ करना होगा ताकि इसका प्रभाव कम किया जा सके।"**

इधर, टेक विज़न के एआई सॉफ्टवेयर की खबर धीरे-धीरे पूरे टेक इंडस्ट्री में फैलने लगी। सभी टेक ब्लॉगर और न्यूज़ वेबसाइट्स इस बारे में लिख रहे थे कि यह सॉफ्टवेयर कैसे काम करेगा और यह पाम टेक के प्रोजेक्ट से कितना बेहतर हो सकता है। इससे पाम टेक की टीम पर दबाव और बढ़ गया। अयान इस चुनौती को लेकर बिल्कुल तैयार था। उसने अपने कुछ विश्वसनीय साथियों के साथ मिलकर पाम टेक के एआई सॉफ्टवेयर को और अधिक प्रभावी बनाने के लिए काम करना शुरू किया। उसने नई रणनीतियाँ तैयार कीं, कुछ नए एल्गोरिदम विकसित किए और सुनिश्चित किया कि कंपनी का सॉफ्टवेयर अधिक यूजर-फ्रेंडली और एडवांस्ड हो।

अब सवाल यह था कि क्या अयान अपनी रणनीति से पाम टेक को टेक विज़न के खिलाफ जीत दिला पाएगा? क्या उसकी टीम उसका साथ देगी या अंदरूनी राजनीति उसके रास्ते में रोड़े अटकाएगी?

* * * * *

गुप्त मिशन: सिंथोब्रेन

शाम के वक़्त, जब अयान पाम टेक के ऑफिस से बाहर निकला, तो हल्की ठंडी हवा उसके चेहरे से टकराई। शहर की सड़कों पर हलचल थी, लेकिन उसकी निगाहें बस एक चेहरा ढूंढ रही थीं। नूर... जो पहले से ही बाहर उसका इंतजार कर रही थी। क्यूंकि नूर ने आज की रात को डिनर साथ में करने के लिए अयान से पहले ही बोल रखा था।

वह सड़क के दूसरी तरफ, बस स्टैंड के नीचे खड़ी थी। हल्की ठंड में उसने लाल रंग का खूबसूरत सलवार-कुर्ता पहना था, जिससे उसका मासूम चेहरा और भी निखर आया था। उसकी आँखों में वही चमक थी, जो अयान के दिल की धड़कनों को तेज कर देती थी।

अयान की नज़र जैसे ही उस पर पड़ी, वह बिना कुछ सोचे-समझे, बिना आसपास की गाड़ियों की परवाह किए, सड़क पार करने लगा। तेज़ रफ्तार से गुजरती गाड़ियों के हॉर्न की आवाज़ें उसके कानों में पड़ीं, लेकिन इस वक़्त उसके लिए दुनिया का शोर फीका पड़ चुका था।

नूर ने उसे अपनी ओर आते देखा। वह पहले तो थोड़ा डर गयी क्यूंकि अगल बगल से गड़िया गुजर रही थी अयान

उससे कहीं टकरा न जाए, और उसके होंठों पर एक हल्की मुस्कान तैर गई। जैसे ही अयान उसके पास पहुँचा, उसने बिना कोई शब्द कहे, बस उसे अपनी बाहों में समेट लिया। नूर कुछ पल के लिए चौंक गई, फिर धीरे-धीरे उसने भी अपनी बाहें फैला दीं।

शाम की ठंडी हवा, सड़क किनारे जलते स्ट्रीट लाइट्स, और दूर कहीं गूंजती किसी ग़ज़ल की धीमी आवाज़... इस लम्हे को और भी खूबसूरत बना रही थी। यह बस एक मुलाकात नहीं थी, यह उस अहसास की तसदीक़ थी, जिसे दोनों ने दिल में संजो रखा था।

अयान और नूर पास ही बने एक रेस्टोरेंट में चले गए। रेस्टोरेंट की हल्की लाल रोशनी माहौल को और भी खुशनुमा बना रही थी। अंदर घुसते ही हल्की मधुर धुन उनके कानों में पड़ी, जिससे जगह की सुकून भरी फिज़ा का एहसास हुआ। दोनों एक कोने की टेबल पर आमने-सामने बैठ गए। नूर हमेशा की तरह उत्साह से भरी हुई थी। उसने अपनी कुर्सी खींचकर बैठते ही अयान को देखा और हल्की मुस्कान दी, फिर बिना देर किए बातचीत शुरू कर दी।

"आज पापा के साथ बहुत अच्छा समय बिताया," नूर ने अपनी आँखों में चमक भरते हुए कहा। **"हमने ऑफिस के कुछ नए प्लान्स पर डिस्कस किया, और उन्होंने मुझे कुछ ज़रूरी बातें सिखाईं। सच कहूँ तो, उनके साथ काम करना मेरे लिए किसी सीख से कम नहीं है।"**

अयान बस उसकी बातें सुन रहा था, उसकी 'हाँ' में 'हाँ' मिलाता जा रहा था, लेकिन उसकी आँखों में पहले जैसी चमक नहीं थी। वह कुछ खोया-खोया सा लग रहा था, जैसे उसका मन कहीं और अटका हुआ हो।

नूर ने कुछ देर बाद दोनों की पसंदीदा डिश ऑर्डर की– उसकी फेवरेट पनीर टिक्का और अयान की फेवरेट चिकन बिरयानी। जब वेटर ऑर्डर लेकर चला गया, तो नूर ने गौर किया कि अयान का चेहरा थोड़ा उतरा हुआ था।

"क्या हुआ अयान?" उसने धीरे से पूछा, उसकी आँखों में हल्की चिंता झलक रही थी। **"तुम कुछ परेशान लग रहे हो।"**

अयान ने नूर की तरफ देखा, लेकिन उसकी आँखों में वो चंचलता नहीं थी, जो हर बार नूर को राहत देती थी। उसने जबरदस्ती मुस्कुराने की कोशिश की, लेकिन नूर उसे अच्छी तरह जानती थी। यह मुस्कान बनावटी थी। **"कुछ नहीं… बस थोड़ा थका हुआ महसूस कर रहा हूँ,"** अयान ने धीरे से जवाब दिया, लेकिन उसकी आवाज़ में कुछ छुपा हुआ था।

नूर को यकीन नहीं हुआ। वह जानती थी कि अयान जब भी परेशान होता है, तो कुछ कहता नहीं, बस खुद में सिमट जाता है।

"अयान, मुझे पता है कि कुछ तो है। तुम मुझसे कुछ छुपा रहे हो, है ना?" नूर ने अपनी आवाज़ में नरमी रखते हुए पूछा।

अयान ने एक पल के लिए उसकी आँखों में झाँका। वह जानता था कि नूर से कुछ भी छुपाना मुश्किल है। लेकिन क्या वह उसे अपनी उलझनों में घसीटना चाहता था? यह सवाल उसके दिल में गूँज उठा।

रेस्टोरेंट की हल्की रोशनी में नूर की आँखों में चिंता की लकीरें उभर आईं। बाहर हल्की बारिश शुरू हो चुकी थी। खिड़की से बूंदें शीशे पर गिर रही थीं, जैसे रात भी इस खामोशी को महसूस कर रही हो।

अयान की आवाज़ में एक अजीब सी थकान थी, जब वह नूर को सबकुछ बता रहा था। इन दिनों पाम टेक में जो भी हो रहा था, वह उसके लिए किसी बुरे सपने से कम नहीं था। उसने धीरे-धीरे सारी बातें नूर के सामने रख दीं—कैसे उसे और उसकी टीम 'अल्फा' को कंपनी के इतने बड़े प्रोजेक्ट सिंथोब्रेन से बाहर कर दिया गया, कैसे सारी मेहनत एक झटके में छिन गई।

"पाम टेक की टीम बीटा सालों से सिंथोब्रेन पर काम कर रहा है, लेकिन अब तक इसे पूरी तरह विकसित नहीं कर पाया," अयान ने गहरी साँस लेते हुए कहा। **"टीम ने कई बार इसके एल्गोरिदम को बेहतर बनाने की कोशिश की, मगर अब भी यह उस स्तर तक नहीं पहुँचा है, जहाँ हम इसे देखना चाहते थे।"**

नूर उसकी बातें ध्यान से सुन रही थी। वह पहले ही न्यूज़ में टेक विजन के इस नए एआई सॉफ्टवेयर की चर्चा

देख चुकी थी। और टेक विजन ने पाम टेक से पहले ही अपने एआई सॉफ्टवेयर को लॉन्च करने की घोषणा कर दी थी!

"और अब देखो," अयान ने हल्की हँसी के साथ कहा, जिसमें दर्द छिपा था। **"टेक विज़न ने हमसे पहले ही अपने एआई सॉफ्टवेयर को लॉन्च करने की घोषणा कर दी है, जबकि हमें तो अभी भी सही रिजल्ट्स नहीं मिले।"**

नूर की आँखों में अब चिंता साफ झलक रही थी। **"क्या तुम्हें लगता है कि उन्होंने पाम टेक के डेटा का इस्तेमाल किया है? जिससे वो अपने सॉफ्टवेयर को और अच्छा बना कर लॉन्च करने वाले हैं।"**

अयान कुछ देर चुप रहा, फिर धीरे से बोला, **"मुझे यकीन नहीं है, लेकिन इतना पता है कि अगर कोई इस प्रोजेक्ट को पूरा कर सकता है, तो वो मैं हूँ। मैं जानता हूँ कि सिंथोब्रेन को और बेहतर कैसे बनाया जा सकता है। मैंने इस पर दिन-रात काम किया है, मैं जानता हूँ कि इसकी कमजोरियाँ कहाँ हैं और इसे किस तरह परफेक्ट किया जा सकता है। लेकिन अब जब मेरे पास कोई साधन ही नहीं है, तो मैं इसे कैसे साबित करूँ? क्यूंकि पाम टेक प्रोजेक्ट के सारे साधन सिर्फ और सिर्फ टीम बीटा को ही इस्तेमाल करने को मंजूरी दी हैं।"**

अयान की बात जैसे ही खत्म हुई, नूर ने धीरे से अपना खाना साइड कर दिया और अयान के हाथों पर अपना हाथ रखा। उसकी आँखों में वही अपनापन था, जो हमेशा अयान को सुकून देता था।

"अयान, मैं जानती हूँ कि यह तुम्हारे लिए कितना मुश्किल है," नूर ने धीमे लेकिन मजबूत आवाज़ में कहा। "पर तुम हार मानने वालों में से नहीं हो। टेक विज़न ने भले ही घोषणा कर दी हो, लेकिन इसका मतलब यह नहीं कि वे वाकई तुमसे आगे हैं। अगर तुम्हारे पास इसे बेहतर बनाने का तरीका है, तो तुम्हें इसे दुनिया के सामने लाना होगा। यह तुम्हारी हार नहीं है, यह सिर्फ एक चुनौती है।"

अयान ने उसकी आँखों में देखा। वहाँ कोई दया नहीं थी, बस भरोसा था–एक अटूट विश्वास, जो उसे हर अंधेरे से बाहर निकाल सकता था।

"तुम्हें इसे बेहतर बनाना ही होगा किसी भी हालत में" नूर की आवाज़ और ठोस हो गई। अयान को पहली बार लगा कि शायद अभी सब खत्म नहीं हुआ। कहीं न कहीं, एक उम्मीद बाकी थी।

रात गहरी हो चुकी थी, मगर अयान की आँखों में नींद नहीं थी। वह अपने बिस्तर पर लेटा छत को घूर रहा था, लेकिन उसके दिमाग में सिर्फ एक ही चीज़ घूम रही थी– सिंथोब्रेन।

"अब मैं इसे कैसे पूरा करूँगा?" हर कोड, हर एल्गोरिदम, हर असफल टेस्ट उसके दिमाग में दौड़ रहे थे। "नहीं... अभी नहीं। मैं इसे अधूरा नहीं छोड़ सकता।"

अगली सुबह, जब वह ऑफिस पहुँचा, तो उसने देखा कि टीम बीटा लैब में काम कर रही थी। वे सिंथोब्रेन पर

अलग-अलग टेस्ट चला रहे थे, लेकिन हर बार कोई न कोई गड़बड़ी आ रही थी। मॉनिटर स्क्रीन पर हर बार एक ही मैसेज चमकता– **"System Error: Failed to process neural mapping."**

एक के बाद एक असफलता। इंजीनियर एक-दूसरे से सवाल-जवाब कर रहे थे, लेकिन किसी को कोई हल नहीं सूझ रहा था।

अयान दूर खड़ा यह सब देख रहा था। उसे अपनी टीम की मेहनत पर गर्व था, लेकिन वह जानता था कि अगर यह प्रोजेक्ट किसी के हाथ में सही ढंग से आ सकता था, तो वह सिर्फ उसकी टीम अल्फा थी।

उसने बिना वक्त गंवाए अपनी टीम को मीटिंग रूम में बुलाया। दरवाज़ा बंद होते ही उसने एक गहरी साँस ली और सीधे मुद्दे पर आ गया।

"हमें सिंथोब्रेन पर काम शुरू करना होगा। चुपचाप, बिना किसी को बताए," अयान की आवाज़ में ठहराव था, लेकिन उसकी आँखों में जुनून साफ झलक रहा था।

टीम के सदस्य एक-दूसरे को देखने लगे। **"पर, अयान... हमें इस प्रोजेक्ट से हटा दिया गया है,"** एक इंजीनियर ने हिचकिचाते हुए कहा।

"हमें हटाया गया है, लेकिन हमारा दिमाग नहीं छीना गया," अयान ने आत्मविश्वास से कहा। **"हमने इसे देखा हैं

इस पर कम किया है। हमें पता है कि यह कैसे काम करता है, और हमें यह भी पता है कि इसमें क्या कमी है। अगर हम इसे सही तरीके से बना पाए, तो यह टेक विज़न के किसी भी एआई से बेहतर होगा!"

कमरे में एक पल के लिए सन्नाटा छा गया। फिर, धीरे-धीरे, सभी की आँखों में वही चमक लौट आई, जो कभी इस प्रोजेक्ट के शुरुआती दिनों में थी।

"तो फिर, हम कब शुरू कर रहे हैं?" टीम के एक सदस्य ने मुस्कुराते हुए कहा। अयान ने हल्की मुस्कान के साथ कहा, **"अभी।"**

और इसी के साथ, एक गुप्त मिशन की शुरुआत हुई– एक ऐसी लड़ाई, जो केवल कोड और एल्गोरिदम की नहीं थी, बल्कि जुनून और विश्वास की भी थी।

टेक विज़न के एआई सॉफ़्टवेयर लॉन्च की तारीख़ जैसे-जैसे पास आ रही थी, पूरी इंडस्ट्री की नज़र इस पर थी। लेकिन तभी, एक धमाकेदार ख़बर आई– **"Palm Tech ने किया बड़ा ऐलान! सिंथोब्रेन होगा टेक विजन के एआई से पहले लॉन्च।"**

इस न्यूज़ ने सभी को चौंका दिया। टेक जगत में हलचल मच गई। सालों से जिस प्रोजेक्ट पर काम चल रहा था, वह अब आख़िरकार दुनिया के सामने आने वाला था।

"क्या Palm Tech वाकई टेक विजन से आगे निकल जाएगा?"

"क्या सिंथोब्रेन सच में इंसानी दिमाग़ जैसा सोच सकेगा?"

हर कोई इन सवालों के जवाब जानना चाहता था। लॉन्च डे वाले दिन पाम टेक के हेडक्वार्टर में माहौल गर्म था। टीम बीटा को सिंथोब्रेन का लाइव डेमो देना था। बड़े-बड़े इन्वेस्टर्स, मीडिया, और पूरी दुनिया इस मोमेंट को देख रही थी।

"सिंथोब्रेन एक्टिवेटिंग…" बड़ी स्क्रीन पर प्रोग्राम रन किया गया। कुछ सेकंड तक सब सही चला… लेकिन फिर–

"System Error: Critical Failure Detected."

स्क्रीन ब्लिंक करने लगी। सिंथोब्रेन सही से काम नहीं कर रहा था! पूरे हॉल में सन्नाटा छा गया। चेयरमेन के माथे पर पसीना आ गया। टीम बीटा के इंजीनियर एक-दूसरे को घबराई नज़रों से देखने लगे।

"नहीं! ये नहीं हो सकता…" रवि ने बुदबुदाते हुए कहा।

मीडिया के कैमरे पलटकर पाम टेक की ओर मुड़ गए। सोशल मीडिया पर ट्रेंड शुरू हो गया–

#SynthoBrain_Failed

#TechVisionWins

लेकिन तभी…

"स्टॉप द लाइव स्ट्रीम!"–अचानक, अयान की आवाज़ गूँजी। वह तेजी से आगे बढ़ा और सीधा सर्वर कंसोल के पास गया। उसके पीछे टीम अल्फा खड़ी थी।

"सिंथोब्रेन अभी फेल नहीं हुआ है!" सब चौंक गए।

चेयरमेन ने गुस्से में पूछा, **"अयान! तुम यहाँ क्या कर रहे हो?"**

लेकिन अयान ने कोई जवाब नहीं दिया। उसने अपनी टीम को इशारा किया, और वे सब एक सेकंड भी गंवाए बिना अपने लैपटॉप खोलकर कंसोल में लॉग इन करने लगे।

"हमें टीम बीटा के कोड में कुछ गड़बड़ियों का पता चला है। हमने इसे ठीक करने के लिए एक नया सिस्टम तैयार किया है!"

"तुम्हें इजाज़त नहीं है!" सीटीओ ने कहा।

चेयरमेन तभी बोले - **"मैं देता हूँ इजाज़त"**

"अगर हमें नहीं करने देंगे, तो सिंथोब्रेन हमेशा के लिए खत्म हो जाएगा!" अयान ने पलटकर जवाब दिया।

सीटीओ के पास कोई और चारा नहीं था। उन्होंने धीरे से सिर हिलाया, और अयान की टीम को आगे बढ़ने दिया। टीम अल्फा का मास्टरस्ट्रोक अयान ने तुरंत नया कोड अपलोड करना शुरू किया। स्क्रीन पर ब्लू प्रोग्रेस बार दिखने लगा–

"Code Execution: 10%... 50%... 80%... 100%"

अचानक, सिस्टम स्थिर होने लगा। एरर मैसेज गायब हो गए।

सिंथोब्रेन की स्क्रीन पर एक मैसेज फ्लैश हुआ–

"SynthoBrain is now active!"

पूरा हॉल तालियों से गूंज उठा। मीडिया वाले फिर से कैमरे घुमाने लगे।

अयान ने सबको दिखाया कि सिंथोब्रेन इंसानों की तरह सोच सकता है। जब उससे जटिल प्रश्न पूछे गए, तो उसने बिल्कुल इंसानों जैसी परफेक्ट प्रतिक्रियाएँ दीं! पाम टेक ने इतिहास रच दिया था या फिर यूं बोले की अयान ने। इस खबर के फैलते ही टेक विज़न के चेयरमेन ने अपना लॉन्च कैंसिल कर दिया। क्यों? क्योंकि सिंथोब्रेन उनसे कहीं आगे निकल चुका था!

घर में टीवी के सामने बैठी अयान की माँ और नूर यह सब देख रही थीं। नूर की आँखें चमक रही थीं। **"मैं जानती थी कि अयान यह कर सकता है… और देखो, उसने कर दिखाया!"**

अयान की माँ की आँखों में गर्व और नमी दोनों थीं। उन्होंने धीरे से अपने हाथ जोड़े और ऊपर देखते हुए बुदबुदाई—

"मेरा बेटा हार मानने वालों में से नहीं है।"

लॉन्च के बाद पूरा हॉल तालियों की गड़गड़ाहट से गूंज उठा। मीडिया वाले लगातार अयान से सवाल कर रहे थे, लेकिन तभी पाम टेक के चेयरमैन खुद स्टेज पर आ गए। उन्होंने माइक उठाया और सीधे अयान की ओर देखा।

"अयान, तुमने यह कैसे किया?"

पूरा हॉल शांत हो गया। सभी लोग अयान की ओर देखने लगे। अयान के चेहरे पर आत्मविश्वास और गर्व की चमक थी। उसने एक गहरी साँस ली और कहना शुरू किया—

"मैं हमेशा से जानता था कि सिंथोब्रेन पाम टेक के लिए कितना ज़रूरी है। यह सिर्फ़ एक प्रोजेक्ट नहीं था, यह हमारे सालों की मेहनत, हमारे सपनों और हमारे इनोवेशन का नतीजा था। जब हमें इस प्रोजेक्ट से हटा दिया गया, तब भी मैंने हार नहीं मानी। मैंने और मेरी टीम ने चुपचाप, बिना किसी को बताए, इस पर काम जारी रखा। क्योंकि मुझे पता था कि अगर यह प्रोजेक्ट किसी के हाथ में होना चाहिए, तो वो हमारी टीम होनी चाहिए!"

हॉल में बैठे लोग हैरानी और प्रशंसा के साथ अयान को सुन रहे थे। चेयरमैन ने अयान की बातें ध्यान से सुनीं। कुछ पल के लिए उन्होंने अपनी टाई सीधी की, फिर मुस्कुराते हुए माइक उठाया और बोले—

"अयान, तुम्हारा जुनून, तुम्हारी काबिलियत और तुम्हारी निष्ठा इस कंपनी के लिए अनमोल है। मैं आज, यहीं, सबके सामने, तुम्हें पाम टेक का नया सीईओ बनाने का ऐलान करता हूँ!"

पूरा हॉल एक बार फिर तालियों से गूंज उठा! मीडिया में यह खबर आग की तरह फैल गई—

"अयान - पाम टेक का नया सीईओ!"

"सिंथोब्रेन की शानदार वापसी!"

घर में बैठे नूर और अयान की माँ की आँखों में आँसू आ गए।

"मेरा अयान अब सीईओ बन गया!" माँ ने अपनी आँखें पोंछते हुए कहा।

नूर की आँखों में भी गर्व था। उसने हल्की मुस्कान के साथ कहा, **"देखा, मैंने कहा था ना, वो यह कर लेगा!"**

* * * * *

मुकम्मल मोहब्बत और सपनों की उड़ान

शहर की ऊँची-ऊँची इमारतों के बीच, पाम टेक के मुख्यालय की सबसे ऊपरी मंजिल पर एक आलीशान ऑफिस था। एक विशाल शीशे की खिड़की से शहर का खूबसूरत नज़ारा दिखाई दे रहा था। इस ऑफिस की चेयर पर बैठा शख्स कोई और नहीं बल्कि अयान प्रताप सिंह था– पाम टेक का नया सीईओ।

अयान की आंखों में एक अलग ही चमक थी। उसने अपने जीवन के हर संघर्ष को याद किया, जब वह एक साधारण परिवार से आया था, जब उसने अपनी मां से वादा किया था कि वह अपने परिवार के लिए सब कुछ करेगा। आज वह वादा पूरा हो चुका था। सपनों की हकीकत।

अयान अपनी आरामदायक चेयर से उठा और खिड़की के पास आकर खड़ा हो गया। नीचे एक शानदार लाल कार खड़ी थी–वह गाड़ी जिसे खरीदने का वह हमेशा से सपना देखता था। उसने अपने फोन से कॉल किया। **"माँ, आप देख रही हैं ना? आज मैं वहीं खड़ा हूँ, जहाँ पहुँचने की मैंने और आपने दुआ की थी।"**

उसकी माँ की भावुक आवाज आई, **"बेटा, तुझसे ज्यादा इस दुनिया में मुझे किसी पर गर्व नहीं है। तूने जो भी वादा किया था, आज उसे पूरा कर दिखाया।"**

अयान ने हल्की मुस्कान के साथ आँखें बंद कर लीं। उसे याद आया वह पुराना समय, जब उसका परिवार एक छोटे से घर में रहता था, जब उसकी माँ घर के सारे कम ख़ुद से करती थी। और उसके पिता पेट्रोल पम्प में काम करते थे। तब वह छोटी-छोटी चीजों के लिए तरसता था, लेकिन उसकी माँ हमेशा उसे कहती थीं, **"बेटा, मेहनत से बड़ी कोई ताकत नहीं होती। बस अपने सपनों को मत छोड़ना।"**

आज वह दिन था जब वह अपने सपनों को हकीकत में बदलते हुए देख रहा था। अयान ने फोन काटा और अपने ऑफिस की दीवार पर टंगे अपने पहले प्रोजेक्ट की तस्वीर को देखा। वह वही प्रोजेक्ट था, जिससे उसकी कंपनी को पहली बड़ी सफलता मिली थी।

अचानक दरवाजे पर दस्तक हुई। उसकी सेक्रेटरी अंदर आई और बोली, **"सर, इन्वेस्टर आपके साथ मीटिंग के लिए तैयार हैं।"** अयान ने गहरी सांस ली और आत्मविश्वास से मुस्कुराया। अब उसका सफर यहाँ खत्म नहीं हुआ था। यह तो बस शुरुआत थी। उसे अपनी कंपनी को और ऊँचाइयों तक ले जाना था।

वह अपनी कुर्सी पर बैठा, हाथ में एक पेन घुमाया और एक नई शुरुआत के लिए खुद को तैयार किया।

सपने देखने वाले बहुत होते हैं, लेकिन उन्हें हकीकत में बदलने वाले कुछ ही होते हैं, जो अपने हर संघर्ष को अपनी ताकत बना लेते हैं। और अयान प्रताप सिंह उन्हीं में से एक था। अयान की आँखों में हल्की नमी थी, लेकिन उसके चेहरे पर एक सुकून भरी मुस्कान थी।

अब उसके पास सब कुछ था—एक आलीशान बंगला, लग्जरी कार, बड़ी कंपनी का सीईओ पद, और सबसे ज़रूरी उसका प्यार... नूर।

उस दिन की शाम कुछ अलग थी। अयान ने एक खास डिनर प्लान किया था नूर के लिए। एक प्राइवेट बीच पर, जहाँ समंदर की लहरें धीरे-धीरे किनारों को छू रही थीं। आसमान में हल्की नारंगी रोशनी थी और चारों ओर कैंडल्स की हल्की चमक। नूर वहाँ पहले से खड़ी थी, सफेद और गुलाबी रंग की खूबसूरत साड़ी पहने, जिससे उसकी खूबसूरती और भी निखर रही थी। अयान की नजरें उस पर टिक गईं।

"तुम आज भी वैसी ही हो, जैसी पहली बार मिली थी— बस और भी ज्यादा खूबसूरत," अयान ने कहा।

नूर हल्के से मुस्कुराई, **"और तुम वैसे ही हो जैसे हमेशा थे—सपने देखने वाले और उन्हें पूरा करने वाले।"**

अयान उसके और करीब आया। **"लेकिन एक सपना अभी बाकी है, नूर।"**

नूर ने चौंक कर उसकी तरफ देखा। अयान ने अपनी जैकेट की जेब से एक छोटी सी लाल मखमली डिब्बी निकाली। उसने घुटनों के बल बैठकर नूर की आँखों में देखा। **"नूर, क्या तुम हमेशा के लिए मेरी बनोगी?"**

नूर की आँखों में आंसू आ गए। खुशी के, प्यार के। उसने सिर हिलाया और कहा, **"हाँ, अयान। मैं हमेशा तुम्हारी थी, तुम्हारी हूँ, और तुम्हारी ही रहूँगी।"**

वहाँ नूर और अयान के अलावा कोई भी नहीं नहीं था पर फिर भी जैसे चारों ओर तालियों की गूँज थी। समंदर की लहरों की तरह खुशी का एहसास पूरे माहौल में फैल गया था। अयान ने नूर को गले से लगा लिया, जैसे उसने अपनी ज़िंदगी की सबसे कीमती चीज़ पा ली हो।

अयान ने नूर के चेहरे को हल्के से अपने हाथों में लिया और उसकी गहरी आँखों में देखा। नूर ने अपनी आँखें बंद कर लीं, और अगले ही पल अयान ने उसके होंठों पर एक हल्की, मगर गहरी मोहब्बत भरी किस्स कर दी। वो पल जैसे ठहर सा गया था, सिर्फ समंदर की गूँज और उनके दिलों की धड़कनों के अलावा कुछ सुनाई नहीं दे रहा था। नूर ने शर्माते हुए अयान की बाहों में अपना सिर छुपा लिया, और अयान ने उसे और भी करीब कर लिया। समंदर की लहरों की तरह उनका प्यार भी बेइंतिहा था—सीमाओं से परे, समय से परे।

शादी के बाद, जब अयान और नूर अपने नए घर में आए, तो नूर ने घर की चौखट पर कदम रखने से पहले रुकी। हल्की-सी ठंडी हवा उसके चेहरे को छूकर गुज़री, जैसे

बीते वक्त की यादें उसे फिर से अपने आगोश में लेना चाहती हों। उसने मुस्कुराते हुए अयान की ओर देखा और धीरे से पूछा, **"तो, तुम्हारे सपने पूरे हुए या अभी कुछ बाकी है?"**

अयान ने उसकी कमर में हाथ डालकर उसे करीब खींचा, उसकी आँखों में गहराई से झाँका और मुस्कुराकर कहा, **"अब कोई सपना बाकी नहीं, नूर। अब सिर्फ तुम्हारे साथ एक खूबसूरत जिंदगी बिताने की ख्वाहिश है।"**

नूर की आँखों में हल्की-सी नमी आ गई। यह वही प्यार था, जिसका उसने बरसों इंतज़ार किया था। उसकी हथेलियाँ अयान के सीने पर टिक गईं, जहाँ उसका दिल तेज़ी से धड़क रहा था–शायद उतनी ही तेज़ी से जितना उसकी खुद की धड़कनें। अयान ने प्यार से उसके माथे को चूमा और फुसफुसाया, **"ये घर सिर्फ दीवारों से बना मकान नहीं है, नूर। यह हमारे ख्वाबों का आशियाना है, जहाँ हर सुबह तुम्हारी मुस्कान से होगी और हर रात तुम्हारी बाहों में चैन मिलेगा।"**

नूर ने हल्की हँसी के साथ अपना सिर उसके कंधे पर टिका दिया। पीछे खड़े घर के लोगों ने हौले से मुस्कुराते हुए उन पर फूल बरसाए, और नए जीवन की दहलीज़ पर उनका स्वागत किया। सपने पूरे हो गए थे। मोहब्बत मुकम्मल हो चुकी थी। और एक नई, खूबसूरत ज़िन्दगी की शुरुआत हो चुकी थी।

* * * * *

उपसंहार

हर कहानी की एक शुरुआत होती है और एक अंत भी, लेकिन कुछ कहानियाँ ऐसी होती हैं जो खत्म होकर भी दिलों में हमेशा जिंदा रहती हैं। यह कहानी सिर्फ अयान और नूर की नहीं, बल्कि उन भावनाओं की है, जिन्हें शायद शब्दों में पूरी तरह बयान नहीं किया जा सकता। यह प्रेम की, त्याग की, इंतज़ार की और उन अनदेखे एहसासों की दास्तान है, जो कभी कहे नहीं जाते, लेकिन महसूस किए जाते हैं। अयान ने अपने सपनों को पूरा करने और अपनी जिम्मेदारियों को निभाने के लिए हर संघर्ष से गुज़रा, जबकि नूर एक ऐसा रहस्य बनी रही, जो उसकी ज़िंदगी में कभी दिखी, तो कभी अनदेखी रह गई। लेकिन शायद यही सच्चा प्यार होता है– निस्वार्थ, बिना किसी शर्त के।

पाम टेक का सीईओ बनने के बाद, अयान ने हर वो चीज़ हासिल कर ली, जिसके लिए उसने संघर्ष किया था–नाम, पैसा, शोहरत। मगर उसकी सबसे बड़ी कामयाबी नूर थी, जिसे पाने के लिए उसे कोई जंग नहीं लड़नी पड़ी, क्योंकि नूर तो हमेशा से सिर्फ उसकी थी।

शहर की हलचल से दूर, एक शांत शाम में, जब अयान अपनी बालकनी में खड़ा था, नूर ने पीछे से आकर उसके

कंधे पर सिर रख दिया। उसने हल्के से मुस्कुराते हुए कहा, **"मैंने कहा था न, तुमसे दूर कभी नहीं जाऊंगी?"**

अयान ने उसकी आँखों में देखा और एक गहरी सांस लेते हुए जवाब दिया,

"और मैंने भी वादा किया था कि तुम्हें हमेशा अपना बनाकर रखूंगा।"

हवाएँ मदमस्त चल रही थीं, चाँद अपनी चांदनी बिखेर रहा था, और उनकी मोहब्बत की यह कहानी अब मुकम्मल हो चुकी थी। मगर फिर भी एक सवाल रह गया– यह कहानी किसकी थी?

अयान की, जिसने अपनी सच्चाइयों से लड़ते हुए अपनी मोहब्बत को पहचाना? या नूर की, जिसने बिना दिखे, बिना कहे, अपना सब कुछ अयान के नाम कर दिया?

शायद, यह कहानी दोनों की थी... या फिर मोहब्बत की, जो कभी खत्म नहीं होती।

* * * * *

लेखक के बारे में

अभय प्रताप सिंह की यह पहली पुस्तक है, लेकिन लेखन के प्रति उनका प्रेम बचपन से ही रहा है। भावनाओं को शब्दों में पिरोना और कहानियों के माध्यम से पाठकों से जुड़ना उनके लिए हमेशा से खास रहा है।

इस पुस्तक में उन्होंने प्रेम, त्याग और अनदेखे एहसासों की गहराइयों को छूने की कोशिश की है। यह सिर्फ एक कहानी नहीं, बल्कि उन भावनाओं का संग्रह है, जो हर दिल में कहीं न कहीं बसती हैं।

अभय प्रताप सिंह जब लिख नहीं रहे होते, तो वे किताबें पढ़ने, नई चीज़ें सीखने और जीवन के छोटे-छोटे पलों को महसूस करने में व्यस्त रहते हैं।

अगर आप उनसे जुड़ना चाहते हैं या उनकी आगामी रचनाओं के बारे में जानना चाहते हैं, तो नीचे दिये ईमेल या सोशल मीडिया हैंडल पर संपर्क कर सकते हैं।

ईमेल : singhabhaypratap436@gmail.com

इंस्टाग्राम : @abhayinks

* * * * *